"美少年侦探团"系列

帕诺拉马岛美谈

〔日〕**西尾维新** 著

张静乔 译

人民文学出版社
PEOPLE'S LITERATURE PUBLISHING HOUSE

著作权合同登记号　图字 01-2023-3920

图书在版编目(CIP)数据

帕诺拉马岛美谈 / (日)西尾维新著；张静乔译.
北京：人民文学出版社，2024. --("美少年侦探团"
系列). -- ISBN 978-7-02-018866-6

Ⅰ. I313. 45

中国国家版本馆 CIP 数据核字第 2024Q3T433 号

责任编辑　卜艳冰　曹敬雅　任　柳
装帧设计　钱　珺

出版发行　人民文学出版社
社　　址　北京市朝内大街 166 号
邮　　编　100705

印　　刷　山东临沂新华印刷物流集团有限责任公司
经　　销　全国新华书店等

字　　数　93 千字
开　　本　787 毫米×1092 毫米　1/32
印　　张　6.375
版　　次　2024 年 9 月北京第 1 版
印　　次　2024 年 9 月第 1 次印刷

书　　号　978-7-02-018866-6
定　　价　39.00 元

如有印装质量问题，请与本社图书销售中心调换。电话:010－65233595

目录

插画：黄粉

袋井满

咲口长广

美少年侦探团团规：

1．必须美丽

2．必须是少年

3．必须是侦探

帕诺拉马岛美谈

0. 前言

"从很小的时候起，我就沉迷于在想象中描绘事件的游戏。刚学会写字，我就成了造纸匠的好朋友。"

不必多说大家也都清楚，这是罗伯特·路易斯·斯蒂文森[1]在谈论其著作《宝岛》[2]的文章中所引用的段落。哪怕是我这种喜欢给伟人格言挑刺的初中二年级学生，都认为这是一篇无可挑剔的经典之作。这位作者除了《宝岛》，还创作了《化身博士》，对于这句出自其笔尖的名言，究竟能有几分可信，当真难以判断。

本书《帕诺拉马岛美谈》是关于宝岛的故事——我相信一定有人会直截了当地质疑，认为本书模仿的并不是江户川乱步的作品《帕诺拉马岛奇谈》，而是《新宝岛》；但即使是我这种厚颜无耻的人（以及美少年侦探团

1　罗伯特·路易斯·斯蒂文森（1850—1894），英国新浪漫主义文学的奠基者和最杰出的代表之一。
2　国内译为《金银岛》。

的其余人等），也不会如此狂妄地给这部作品贴上《新新宝岛》的标签。

一想到留宿期间我们所体验到的事情，我就认为，我们在这场"冬季合宿"活动中所探访的宝岛，还是应该被称作"帕诺拉马岛"。

这并非单纯地因为岛屿的名称是"野良间岛"[1]，更是因为永久井声子老师将整座无人岛当作画布，花费七年时间完成了五幅画作。这种脱离常轨的创作活动，确实会让人联想到帕诺拉马岛的主人。

前教师，永久井声子。

被美少年侦探团的团长评价为"吾等先驱者"的人物。

"我真搞不明白。干吗要特意住到无人岛上来创作？不管创作出来的东西有多了不起，说到底都是人工的，一点儿都不自然。"

美腿同学冷言冷语。

---

1 "帕诺拉马"的日语发音是 Panorama，而"野良间"的发音为 Norama，两者发音只差一个音节。

美腿飙太，美少年侦探团的体力担当。

外表可爱如天使，内在却是体育健将。如果要告诉初中一年级就成为田径队王牌的他，"创作活动主要是一种精神活动"，他怕是难以理解这句话的意义。

嗯，关于不能理解艺术这点，我和美腿同学差不多。不过，美腿同学跟我这种土里土气的人不同，他将自己的肉体（尤其是腿部）锻炼到极致，仿佛艺术品一般，因此美腿同学对艺术的发言显然比我更具有说服力。

没有什么艺术能够胜过自然。

没有什么小说能比生活更具戏剧性。

无论是小说家还是艺术家，所有艺术形式的创作者，都会碰上这样的说辞——创作之路上壁垒长存。在现实面前，空想总会受挫——然而，这才是关键所在，"吾等先驱者"，即声子老师，试图要突破面前的壁垒。

正因如此，她才会变成"岛上蹲"。

并且完成了五幅画作。

超越自然的不自然——矗立于现实之上的空想。这正是前美术教师所试图描绘的景色，但更令人惊讶的是，这五幅画作竟然连我——"美观眉美"都看不见。

"'既然你们号称侦探团，那么就在暂住小岛的这段时间里，尝试把我画的五幅画找出来吧。'虽然小永久并这么说了，但这种活动嘛，啊哈哈，看样子是没有我们出场的机会了，小眉美。这完全是美术担当创作和分析担当长广擅长的领域嘛。"

美腿同学说得很是轻松。

尽管想着"太不负责任了"，不过我跟他的意见倒是完全一致，也就无法对他加以指责。简单来说，我的视力在这次的任务中派不上用场，我只要悠闲地享受自然就好——我是这样想的。

然而，事实并非如此。

把"艺术是啥"当作口头禅的瞳岛眉美，将在这次的合宿中出人意料地发挥出超越"美观"范畴的作用——以这种结论来说，这或许才是冬季合宿中最不自然、离美谈相去甚远、空想般的奇幻现实。

1. 合宿第二日

"你差不多也该起来了吧？其他人早就出发前去各自的场地啦！"

叫我起床的并不是母亲的声音。我迷迷糊糊地睁开双眼，陌生的景色逐渐清晰——这里是我从未见过的密闭空间。

是关上的塑料屋顶？

有那么一瞬，我搞不清那究竟是什么玩意，但又立刻意识到，那是帐篷（？）——并且，自己的身体也不是被毯子包裹着，而是被装在睡袋里，我在一瞬间能意识到的也只有这些了。

对对，这里并非自己家。

我并不是待在那个发生过许多事，导致现在感觉非常不舒服的家，而是在野良间岛中心的原野上。

就在昨晚，大家在此搭帐篷扎营。

"大家"是指美少年侦探团的六个人。

嗯，与其说是六个人一起搭的，倒不如说是不良学生独自建好的……那家伙真是个生活能力极强的人啊……嗯，其他人又在哪儿？

再一看，我的周围散乱地摆放着五个空空如也的睡袋，有的叠放得整整齐齐，有的如同被丢弃的蛇蜕，从睡袋的状态中就能看出它们主人不同的性格。

唔，居然丢下我就走了。

他们把美少年侦探团隐秘的第四条团规当成什么了？

"喊了你多少次都没喊起来。没想到脸皮能厚到这种程度，就连那个番长[1]一样的孩子都惊呆了。"

平常难以发现的习惯，一到旅行中，就会暴露出来——这位站在帐篷门口，用惊讶的语气跟我说话的女性，到底是哪位？

我还处在迷糊的状态中。

迷糊的程度，跟赞助电视节目的商品包装上模糊的文字没什么区别。

对了，是声子老师——永久井声子老师。

---

1 日语中的"番长"有打架王、学生老大的意思。

她是我们所就读的指轮学园初中部的前美术教师——因发生糟糕的事而被放逐，现在是处于半通缉状态的异端艺术家。

因此，自从被学校炒了鱿鱼之后，她就在野良间岛上隐居了七年，专心进行自己的艺术活动——在此之前的信息，都是我们的副团长兼前辈弄清楚的（参见《天花板上的美少年》）。

数周之后，我们再度重逢，她还是头缠毛巾、身穿沾满颜料的运动服，活像个画家……在无人岛——而非学校的讲堂——这么一看，总觉得她就像个不问世事的隐士。

即便如此，前教师就是前教师，跟她如此面对面，总觉得会被骂睡过了头。

"不，应该说我比较敏感吧。"

我一边含混不清地说着，一边蠕动着从睡袋中爬出来。

"敏感谨慎的小眉美——大家经常这样说。"

其实我更经常收获的评价是"性格阴暗的小眉美"，但这未必是我想向外界公开的信息。

只不过，孩子气的谎言对大人还是行不通的，声子老师耸耸肩说："话说，之前没注意到就是了，小眉美，你其实是女孩吧。"

"我是不清楚现在这方面的伦理观到底是什么样了，但至少在我担任教师的七年前，跟五个男生挤在一起睡的女生，是不会被称作'敏感谨慎'的。"

而且你也不是什么美少年——声子老师略带嘲讽地继续说道。呜呼呼，完全没有反驳的余地。

其实，即便是在旅行中，我也是穿男装的。不过也不至于在睡觉时都束胸——又因为迷迷糊糊地爬出睡袋，才导致穿帮。

大意了。

不，其实我也没有想要刻意隐瞒，因此就算被声子老师发现了我的真实性别，也没什么大不了的。

"小眉美，从今晚起你到我的帐篷里去睡。我如今已经不是老师了，本不想唠叨个没完，但初中的男女生挤在一起睡，身为大人还是看不下去。"

"好——的。啊，不过，并非所有人都是初中生，团长还是小学生哦。小学五年级的小五郎。"

我一边做着详细的解释，一边站起身来舒展筋骨。果然，睡在帐篷里基本上跟露宿街头没差别，崎岖不平的地面令我浑身酸痛。

"好啦，根据我的猜测，不良学生应该为我准备好了早饭。"

"猜得不错。我保管着呢。"

声子老师递给我一包手绢包起来的东西。从外形来看，里面应该包着两个饭团。

是用昨天野炊的剩余食材做的吧。

俗话说，能用剩饭做出美味的人才叫料理高手。

不过，既然便当都准备好了，与其在这里吃光，不如出发和某个成员会合之后，再美美地饱餐一顿吧。

因此，我开始换装。

说是换装，其实还是穿男装。

因为最近都是自然地女扮男装，所以连自己都分不清哪个是真，哪个是假了……学校制服也就罢了，最近我连平常的穿着和旅行装都是男式的。

"声子老师……那个，我能称呼您为老师吗？"

虽说她七年前就不做教师了，不过她现在是画家，饱含敬意地称呼她为"老师"应该没问题。只不过，对"老师"这个称谓有所抵抗的艺术家似乎也很多（应该说"没有人想被架在老师的位置上"吗），所以还是问一声。

"无所谓，反正我也不会教你什么就是了。在这座岛上蜗居了七年，我早就变成浦岛太郎[1]了。真该有龙宫公主做伴。"

"那五个人都分别去了哪几座美术馆，您能告诉我吗？我想追上去。您看，少了我他们什么都做不了。"

"真是个难缠的孩子啊。"

声子老师苦笑着说：

"那个番长一样的孩子在孔雀馆。绅士一样的孩子在云雀馆。大冷天的也露着美腿的孩子在乌鸦馆。那个沉默寡言的艺术家一样的孩子在白鸟馆。还有，你们的团长，那个小学生往凤凰馆去了。"

声子老师一一指出以鸟类名称命名的美术馆的方向，

1　浦岛太郎是日本古代传说中的人物。他因救了龙宫中的神龟，被带到龙宫，并得到龙宫公主的款待。临别之时，龙宫公主赠送他一个玉盒，告诫不可以打开它，太郎回家后，发现认识的人都不在了。他打开了盒子，盒中喷出的白烟使太郎化为老翁。

并加以说明。

唔，大体跟昨天商量的一样。

虽然商量到一半我就睡着了，对此记得不是很清楚就是了……结果，我的去向似乎还是悬而未决（也有自己睡着了的缘故）。

既然如此，就装腔作势地当个游击部队好了。

"嗯……还是去美腿同学那边好了。说到这种事，那个天使面孔的孩子还是最靠得住的。"

说到这种事，比任何人都靠不住的其实就是我，但我最近掌握了把这一事实束之高阁的能力。

比那些高贵的家伙低一等什么的，光是这样想就很蠢——那群美少年，即使不是"少了我什么都做不到"，也是"少了我不知道会做出什么事来"的一帮家伙，因此，我也只能做那些我能做到的事。

身为美观眉美，我必须出发探寻野良间岛的宝藏了。

看不见的财宝，看不见的画作。

探寻艺术家永久井声子的作品。

"加油吧。只要你们能够在暂留期间找到我画的五幅画，我就按照约定，把美术室的钥匙交给你们。不过，哪怕只有一幅画没找出来，我就接管送你们来的那架直升机。"

　　能够若无其事地确认这种约定的声子老师，当真已经不是教师了吧……哎呀，这人搞不好在教师时代就是这个样子了……我边想边走出帐篷。

　　准备前往美腿同学所在的乌鸦馆。

　　"啊，对了，小眉美。"

　　声子老师在我的身后顺带说了一句：

　　"新年快乐。"

　　嗯。

　　啊，对哦，今天是一月一日！

2. 关于野良间岛

先来简单介绍一下被美少年侦探团选定为冬季合宿地的野良间岛吧。这个开场白是从副团长即咲口长广前辈那里有样学样搞来的。在经历过那个"座敷童子",或者说小恶魔的事件之后,当我们决定合宿的目的地时,美声长广会按照惯例以"各位请安静,请听我一言"为开端,以优美的声音展开叙述。

虽说"按照惯例",前辈的叙述通常会在正文后半部分才展开,但偶尔也会改变一下模式——当然,无论何时来听,前辈的声音都无比优美,这点身为后辈的我可以保证。

3. 关于野良间岛（2）

"永久井老师现在所置身的岛屿——所藏身的岛屿，被叫作野良间岛。大家不知道也情有可原，因为这是一座没有被任何地图记录的无人岛。

"什么？飙太同学，你问'是不是存在于日本领海内的岛屿'？问得好。

"鉴于永久井老师在指轮学园惹的那些麻烦，逃亡到国外或许比较妥帖——简单地回答一下你的问题，她现在的所在地不在领海内。

"但也不在国外。

"不，是我不当心把话给说混了——她的藏身之地确实在国内，只是单纯地不在'海'上而已。

"而是在湖里。

"野良间岛地处号称日本面积最大的湖滋贺县琵琶湖内——很意外吧，这里竟然是一个盲区。

"老师又不是黑鲈鱼，指轮学园的理事会绝对想不到，被通缉的逃亡教师，居然在琵琶湖的中央设置了据点。

"袋井同学，你居然还问琵琶湖的中央有没有岛，真是不用功啊。地理课上你都在干什么？竹生岛、多景岛、冲岛……数得上来的岛屿都不胜枚举了。

"琵琶湖既是湖，也是县内被称作'海'的辽阔水域，大约有670平方千米。据说从前面积更大哦。

"只不过，竹生岛、多景岛、冲岛等这些岛屿，都在地图上有记载，但野良间岛并没有被记载在当地的任何一种地图上，这也是有各种理由的。

"说到底，在听到'野良间'这个名称时，创作同学是不是立刻就明白了？还是一言不发的老样子啊……还真是个毫无反应的严肃听众啊。

"与事实上被创作同学运营着的指轮财团分庭抗礼的骆驼集团，其创业者家族的姓氏，正是野良间。

"没错，您猜对了，团长。

"不，完全不一样。是我草率了。

"野良间家是毫不逊色于指轮财团的商务型组织，但其中也有脱离组织的人——应该称之为纨绔子弟吗？具体说来，现任会长的大叔父，那个叫野良间杯的人，是个游手好闲之辈。

"虽说游手好闲，但相比发饰中学的学生会会长那种犯罪者，他算是不同规格的、别致的花花公子吧——怎么了，眉美同学，你想要说什么？

"说得真直白……

"总之，这位野良间杯根据自己的想法，冒着风险在琵琶湖内建了名为'野良间岛'的人工岛。

"人工岛。

"正因如此，这座岛才没被正式地图所记录——当然，这应该也是骆驼集团给有关部门施压的结果。

"为什么野良间杯要花费庞大的私人财产，建造这样一座岛屿，大家知道吗？

"都是为了永久井老师。

"简而言之，对于身为画家的永久井老师而言——而非身为教师的她——野良间杯算是她的赞助人。

"一介游手好闲之辈，对艺术家进行了投资。

"并且还不是提供短时间内的生活资金这种比较基础的投资，而是'送你一座岛做礼物，你爱怎么涂抹都行'

这种不计效益的投资。

"不，眉美同学，哪怕是对于骆驼集团，这笔钱也绝非小数目。虽然还没有夸张到需要举全集团之力的程度，但也足够买下一支球队了。

"光凭这点，应该说野良间杯是相当欣赏永久井老师的艺术创作了吧。既然都不做教师了，那就赶紧专心进行艺术创作——平日里他好像经常这样说。

"嗯，事实上，因为她被炒鱿鱼了，这个建议可谓十分正确——永久井老师跟传闻说的一样，似乎也没怎么听从赞助人的建议。

"没错，就算接收了岛屿和数目不小的资助，她也绝对不会变成顺从的沙龙女主人——这点也能看出她的艺术家气质。

"这也是过去的气质吧。

"只不过，在被指轮学园追踪、通缉的七年间，她选择的隐居之地，正是野良间杯为她准备好充当创作活动的场所——这座远离尘世的琵琶湖内的人工岛。

"地处湖泊内又远离尘世的野良间岛。

"又或者说，野良间杯早就预测到这种事早晚会发生，为了保护永久井声子稀有的才能，事先准备好了野良间岛当她的避难所——关于这点，说他堕落也好，游戏人间也罢，他确实具备企业家的先见之明。

"一旦进入与指轮财团同等级别的野良间家族的领地，就不会轻易被找到；即便被找到，追踪者也没办法轻易出手。

"完全被赞助人的想法牵着鼻子走，或许并非老师的本意，但实际情况是，老师被开除了教职，从那之后直至今日，她几乎没出去过，一直专心待在野良间岛搞创作活动。

"这座完全封闭、与世隔绝的岛上的事，我能调查到的内容还很有限。但我发现，永久井老师在这七年间，好像在野良间岛上建了五座美术馆。

"而且需要特别指出的是，每座美术馆都仅仅是为了装饰一幅画作而建造的——为了一名艺术家而造了一座岛的游手好闲之辈，和为了五幅画作而建造了五座美术馆的艺术家。

"这两人搞不好出乎意料地相似。

"花费七年时间却只创作了五幅作品，再怎么说都只能算是寡作，但反过来说，或许也可以视为力作吧——
把合宿的目的地定在野良间岛，也是为了拿到美术室的
钥匙，机会难得。

"这六天五夜的旅行，就请大家仔细鉴赏足以匹敌一
座岛的艺术吧。"

4. 第一馆——乌鸦馆

然而，事情并不顺利。

不，并不是旅行本身有什么问题。

美术创作，即指轮创作同学所制作的"旅行指南"十分完美；上次把我带到"回忆中的海岸"的那架直升机的航线，也没有任何瑕疵。

硬要说的话，这场在大晦日[1]出发、六天五夜的旅行，和美腿同学的社团活动日程完全冲突了，在瞳岛家也引起了些许的骚动（从某个时刻起开始穿男装上学的女儿，在辞旧迎新之际说要去参加类似于推理之旅的谜之合宿旅行），这部分争执我就隐去不说了。

毕竟家丑不可外扬（也算不上是什么家丑，最多就是我自己的耻辱。话说回来，育儿失败的父母的心情到底是什么样的？初中二年级的我完全无法想象）。

1　日本人把每年 12 月 31 日称为"大晦日"。

而前辈的计划之所以落空，是因为所谓"请大家仔细鉴赏"的、由画家永久井声子耗费七年时间完成的力作，完全没能看到。

之所以没能看到，并不是因为谢绝参观。

其实正好相反。

如果有能耐，就去看啊。声子老师竟然故意对我们——美少年侦探团——进行挑衅。

"啊，找到你了，美腿同学。呀喝——耶！"

"你居然是这样的类型吗，小眉美？"

从岛屿中央的原野（以下称其为"露营地"。顺带一提，直升机也是在这片露营地着陆的。"五天后来接你们"，完全不知是什么人的飞行员丢下这句话之后就走了）沿着东南方向，越过凹凸不平的岩石，映入眼帘的建筑物是乌鸦馆，当在乌鸦馆中找到本名为足利飙太的美腿同学时，我嗖嗖地抡起胳膊直挥，却发现那个原本明朗活泼的初一学生意外地情绪低落，并给了我那样的回复。

或许他说的没错，可能是我与平时过于不同了……看样子，我是那种在旅途中会情绪亢奋的人。

这样说来，修学旅行时也是这样……我当时把班上为数不多的几个朋友都给吓了一跳。

顺带一提，找到"身在乌鸦馆中的美腿同学"这事，完全没有使用到我独特的视力。也就是说，我并没有通过透视墙壁发现美腿同学。

过度使用视力的话会导致失明，在医生的建议下我戴上了保护视神经的眼镜。当然，我不是那种会在旅行中忘记戴眼镜的超级糊涂鬼。

乌鸦馆的墙壁并不需要使用透视，墙壁以纯粹的钢筋铁骨打造，高两层，硬要说的话，它的外观如同一座巨大的攀爬架。

只要不是故意藏身在钢筋铁骨的阴影之下，哪怕不是我，其他人也能轻易找到身在建筑之中的美腿同学——嗯，就算他躲到阴影里，那双耀眼的美腿大概也是藏不住的。

"怎么样？美腿同学，什么情况？乌鸦馆里展示的声子老师的画，你找到没？"

"完全找不到。"

我一边追上美腿同学，一边将双手围成喇叭的形状放在嘴边，大声呼喊着，美腿同学却只是无力地摇摇头——哦呀呀，我的情绪是很奇怪，但美腿同学无精打采的模样也很明显。

完全找不到目标画作，因而意志消沉……应该不是这样的。身为美少年侦探团的一员，对于有过提示的谜题，他应该还是有好奇心的。

如果不是因为这个，那一定是因为深冬的气温并不适合穿着短裤展示他那双骄傲的美腿。

因为太冷，所以才会没精神。

今天晴空万里，但气温还是低到不像话……放在平常怎么看都很美的一双腿，放在这种环境中，光是看着就冷到我的腿上都冻起了鸡皮疙瘩。

身处有空调调节气温的学园内还好说，但这里可是位于湖泊正中、何时下雪都不会令人惊讶的孤岛——至少也该穿个长筒袜吧，给出这番建议的不是别人，正是团长。但这个建议被美腿同学断然拒绝了。

既然团长说话都没用，谁说都不会有效果了——上小学时，我有个一年到头都固执地只穿短裤的同学，美腿同学就好像是那个小学生一样，只不过是稍微长大了点儿，变成初中生罢了。

上半身明明穿着鼓鼓囊囊的羽绒服，下半身却穿着短裤，这样未免太不协调了。

"失策了，真该挑其他美术馆的。就因为这个建筑纯骨架的外观很有趣，才想要负责这座乌鸦馆，没想到连遮风的墙都没有，冷风就这样嗖嗖地吹个不停。"

"对哦……"

就连裹得严严实实的我，都感觉被横冲直撞的强风夺走了体温——假如种一圈防风林什么的把建筑给围起来的话还好点，可眼下，这周边只有寸草不生的岩石。

声子老师为什么要在这种地形的场所，建造这种跟攀爬架一样的美术馆……

"假如美术馆本身就是作品的话还好说，但说到底，这只是为展示画作所建的建筑，小永久并是这样说的吧？创作也是这副德行，我果然搞不明白艺术家的思考模式。"

给前指轮学园的教职人员、且比自己年长近两轮的成年女性的称谓前加上"小"字，美腿同学的想法也让我搞不明白，不过嘛，应该吐槽的点不在这里。

如字面意思所述，为了展示作品而建造了独立的美术馆，这座岛上没有什么比声子老师的活力更想让人吐槽的了。

咲口前辈说过"花费七年时间却只创作了五幅作品，对于艺术家来说只能算是寡作"之类的话，但七年里在岛上建造了五座博物馆，并且都是凭一己之力建造完成的，已经不能算是寡作了，简直多到离谱。

竟然造出了建筑物……

倒也不是完全做不到，可是孤岛上连运送材料的重型机械都没有，只能用近乎原始的手段来建造。

可以说，这些都是在赞助人近乎无限制地资助下才能够实现的建筑。为了艺术，人们真的有必要做到这种程度吗……为此，声子老师本人七年来一直住在帐篷里，真是莫名其妙。

说到莫名其妙这点，美少年侦探团的成员们已经够莫名其妙了；但为什么有些大人也如此莫名其妙？程度还有过之而无不及。

"至少该把这种自然体验放在夏天嘛。冬天对于我们光腿族来说根本就是地狱。"

"光腿族什么的，还有其他人吗？"

啊，虽然我说不出名字，但也并不是没有吧？

　　无论哪个年级，指轮学园初中部的女孩们都不敢跟美腿同学比美腿，今年起就全都留心着穿上了黑色丝袜（女扮男装的我除外），但哪怕在如此寒冷的深冬，只穿短裙来上学的女生也并不在少数。

　　爱美是天性。

　　无论如何，对于美腿同学而言，原本的夏季合宿，因为恶魔般的小学一年级女生捣乱，最终变成了冬季合宿，绝对是场灾难。

　　"不过，夏天也有夏天的困扰吧？会被太阳晒，还会被虫咬。"

　　"我对日晒没那么纠结，晒得焦黄的光腿还是光腿。而且我本来参加的就是室外活动的田径部嘛。而且，在野良间岛上，不必担心虫咬。"

　　有那么一瞬间，我完全无法理解美腿同学想说什么，但很快我反应过来了——对哦，虽说是自然体验，但是这座岛上的自然体验是个例外——这里可是人工岛。

　　看起来这是一座自然天成的无人岛，除去声子老师所建造的五座美术馆，似乎完全没有人类插手的痕迹，而事实上，这里的每一处地方都是经人类设计所形成的。

一草一木全部出自野良间杯的构思。

因此，害虫之类的东西，一只都带不进来……就连我们乘坐直升机降落时，都必须小心翼翼地把裹在鞋子上的泥巴给除掉。

因此，我们所处的湖边岩石上没有船蛆，岛屿另一侧山坡上茂密的植物中也没有盛开的虫媒花……在岛上漫不经心地探索，也不会遭遇到熊或野猪。

在饮食方面，声子老师自给自足，她应该是一位素食主义者，因此在这次的合宿中，美食小满，即不良学生所能做出的料理种类，也是极为有限的。

"仔细想想，哪里有这种不自然的自然。赞助人野良间杯或许给声子老师准备的是理想又刺激的环境，但声子老师直到被逼入逃亡生活才不得不踏上这座岛的理由，搞不好就在这里。"

声子老师是在迫不得已的情况下才踏上这座岛的，所以至少在最开始的时候，她并没有积极地在这座岛上从事艺术创作吧……只不过，事情不知怎么的，出现了转机。

若非如此，哪有人会不情不愿地独自建造五座美术馆呢……换作是我，哪怕再有干劲，都建不出一座来。

现如今我和美腿同学所在的乌鸦馆，是一座以钢筋铁骨打造的谜题般的建筑，昨天大家将所有的美术馆都巡视了一遍，发现这是一座比较能看出建造方法的建筑，但正因为能看出来，才让人感到无趣。

"搞成这样，最关键的绘画当然也不可能是描绘岛上风景之类的玩意了。"

美腿同学如此说道。

"看不见的画作。找不到的画作。画出这种'保护色'一样的画作，到底有什么意义？"

"声子老师说过……"

昨天老师作了一番说明，但在此处的两人，大概是团队中最无法理解那些说明成员了。

因此对于声子老师的说明，我们只能不加咀嚼地直接复述。

"'如果没有能够超越自然的艺术，那么与自然融为一体的画才是至高无上的。'到底什么意思……"

记忆力也不太可靠，所以也不能完全复述老师的原话，不过大致就是这样的。

所以说，"保护色"这种表现也没怎么去掉吧——

嗯，虽说是人工岛，但自给自足的生活也过了七年，也可以说是回归自然了吧……

"'与自然融为一体'的意思……说明白点儿，就是让我们找出五幅隐藏画作的线索？"

美腿同学一边确认岩石表面的触感，一边这样说道——对于艺术的理解程度，他应该跟我同样浅薄，但他完全不会只有三分钟热度，而是不急躁不放弃地对谜题进行推理，虽然身为后辈，却值得我仰望。

感觉这样的自己好羞耻……不，还没到这个地步，但反倒感觉还没到这个地步的自己很羞耻。

如果有地洞的话，我肯定能立马钻进去。

"美术馆本身就是立体画，该不会是这种老套的结局吧……"

我瞎猜着说出了这种话——嗯，如果是这样的结局，也并不出人意料。即便只是稀松平常的事，也不能说有什么不好，但至少，我们团长不会接受这种结局。

侦探能不能接受什么的，本来就跟真相毫无关系。只是对于美少年侦探团而言，这才是最重要的一点——真相必须美丽。

谜题越美丽，谜底也应该越美丽——那个五年级小学生就是如此想问题的。

"怎么办？要不要先去其他馆？就我和小眉美来说，还是先得到创作或长广的支援比较好吧？"

"也对。"

我本来就有这种打算。

明明是打算赶来援助美腿同学的，结果没帮上什么忙。

"自然派的艺术，不用想就知道不是美腿同学的风格。难道声子老师就没想过把你美丽的外表画下来吗？"

"嗯，事实上，运动员不跟自然搞好关系可不行。天气太冷会让肌肉收缩，那就跑不出最好的成绩；天气炎热，也必须注意补充水分。无论风吹雨淋，都必须做出适当的应对。地面的状况每天也不一样。"

唔，虽说是我甩给他的话题，但我没怎么站在运动员的视角去考虑过自然环境的问题，所以觉得很新鲜。

不过还真是这样的。

盛夏的高中棒球比赛，我也认为绝对要在圆顶棒球场举办……只不过，体育自然有体育专属的样式美。

样式美，机能美。

世上存在着各种各样的美学。

"啊，对了。在来这里之前，声子老师对我说了一句话。"

"说了什么？"

"'新年快乐'。"

"啊……话说，今天是元旦吗？我都忘了。"

"嗯，我也忘了。还有，声子老师表示：'就把每座馆的线索当作压岁钱送给你，去转告你那些美少年同伴吧。'"

"咦？"

美腿同学露出意外的表情。

"小眉美，你居然到现在才说？别说对'与自然融为一体'的理解是线索了，她本人不也直接给了线索吗？"

"不是，我觉得压岁钱还是直接给钱比较好……而且，这种线索听了反倒更让人犯迷糊。这样的话你还想听吗？"

"干吗用这种试探的口气？当然想听啦。"

"搞不好会后悔哦。"

"才不会，就这点儿事。说到让我后悔的，大概只有认可小眉美为美少年侦探团的成员这种程度的事了。"

被刻薄地回怼了，被伤得很重。

连我自己都觉得自己是个很讨厌的家伙。

为了不让美腿同学对我生出更多嫌隙，我毫不吝惜地把声子老师给的"压岁钱"统统倒出——也就是鉴赏乌鸦馆中展示的画作的线索。

"'无论具备哪种审美或有多好的运气，也只有半天时间能看到装饰在乌鸦馆中的画'……她是这么说的。"

"半天？"

美腿同学的表情，跟我听声子老师说出线索时的表情差不多。虽说是差不多的表情，但长相相差太多，让人无法认同我们俩的表情"差不多"。总而言之，就是那种"这是啥？什么意思？"的表情。

通常在推理小说中登场的名侦探、名刑警，应该能在这种暧昧的、语言游戏般的暗示下一口气推理出真相，但我们不过是一帮自称侦探团、在初中校内搞非正式社团活动的人而已。

给谜题一个谜题般的提示，纯粹是让事情更复杂罢了。

"也就是说，本来看起来就不像保护色——就连小眉美都看不见的画作，被装饰在乌鸦馆中，而且能够看到的时间只有半天？这是'一天中一半时间'的意思吧？"

"不清楚……"

"不，'半天'的含义，我们这种搞非正式社团活动的人也应该明白的。"

确实如此。

但就算明白了这点，也不代表能够迅速地推进事态——提示总不见得是在说，这座钢筋铁骨搭建而成的馆每隔十二小时就会像记忆金属一样改变一次构造吧。

"再这样下去，哪怕我跟小眉美绞尽脑汁也想不出个所以然来，万一现在已经是一天中'看不见的时间段'了，所有的努力岂不全都是无用功？"

"美腿同学，没有什么努力会是无用功！"

"这种发言就算啦。话说你在旅行中的情绪跟平常也差太多了。被小满评价为'墨汁'一样的阴暗性格上哪儿去了？"

"那才不叫评价，应该是讽刺。就算我们现在变成朋友了，不良学生的那段发言也很难被原谅。"

"从允许你称呼他为'不良学生'的时间点算起，我就觉得不可能旧事重提了。"

"嗯嗯，我绝对要旧事重提，把不可能变成可能。"

"小满把不得了的家伙给称作'墨汁'了。叫'夜空'或者'阴影'就差不多了。他怎么不知道适可而止呢。"

那就去看看小满的情况吧，美腿同学边说边站起身来，我也跟着起身。那个，不良学生到底去了哪座馆……对了，是孔雀馆。那也是座奇怪的建筑，声子老师给出的"压岁钱"也怪怪的。

一边想着这些事一边努力站起来，脚下凹凸不平的地面让我走路时跌跌撞撞、摇摇晃晃的。

啊，惨了。

光是当着美腿同学的面绊倒就已经很不体面了，而且绊倒的地方还是不怎么光滑的岩石表面，免不了要被擦伤。不，要是摔得重一些，还会受更严重的伤……

就在我打算假装漫不经心地跌倒时……

"小眉美！"

美腿同学从旁边一把抱住我。

虽说这边的地形如前文所述的那般并不容易让人站稳，但美腿飙太的脚力非同寻常，他紧紧地抓住我，让我纹丝不动。

"喔……喔喔喔喔。"

身体呈环状被牢牢抓住，我的上半身前倾，脸庞前方一寸处可以看到尖尖的岩石，真是令人战栗的场景，但不管怎么说，总算是千钧一发。

"谢……谢谢，美腿同学，我得救了。但是，你差不多可以放开我了吧？"

你自己当心点。美腿同学一边嘟囔抱怨着，一边让我保持着这个姿态站直身体。

"啊哈哈，刚想要站起来的时候，正好钻进了影子里……"

其实我是一边想事情一边站起来才会摔倒的，但直接说出口未免太过丢脸，所以只能笑着搪塞，找借口似的把责任推给了自然现象——自然现象？

影子？

嗯……这个词本身与其说是从刚才起才出现，不如说从一开始就冒了出来，现如今更像是被挑选出来的东西一样。

只要美腿同学没藏身在钢筋铁骨的阴影中，就能被发现身处馆内，我那种如同阴影一样的阴暗性格……但那不是影子，而是阴影吗？

两者的意思到底差在哪儿？

并且，说到我的阴暗性格，美腿同学还提到了"夜空"这种比喻——夜空，夜。

一天的一半——半天。

虽然今天天气很好，有阳光，但很冷。

还有——凹凸不平的地面。

没有防风林，满目疮痍的选址条件。

"嗯，怎么了，小眉美？脸色那么难看。"

美腿同学好奇地发问。"我找到了，第一幅画"，我这样回复他。尽管说出这句话的时候，无论是解答还是真相都还很模糊，我并没有完整的答案；不过，就算是尚未验证的答案，若让"美学之学"或"美术创作"来评价，都算得上美丽的真相。

美丽到稍稍有些恐怖。

"画当然是画——只不过是影绘。"

5. 第一幅画——"影绘"

影绘是什么，就没必要进行说明了吧——将双手组合成各式各样的形状，使影子的形态变成鸽子、螃蟹、狗、狐狸等，嗯，就是一种手影游戏。

可以说，这跟我那番"该不会把美术馆给画成了一幅立体画"的（一般性的）推测正相反——声子老师借助阳光把这座被称为美术馆的建筑映照在了地面上。

所以乌鸦馆才会如同一座攀爬架，以赤裸裸的钢筋铁骨制作而成——将其命名为"乌鸦"似乎也没有太大的疑问，但仔细想想，还是莫名其妙。

建筑的铁骨分明不是乌鸦的黑色……因此，乌鸦所指的并非铁骨，而是铁骨的影子。

刚才我把影绘形容成"手影游戏"，但正因为是游戏，才有可能被升华到艺术的领域中去——如同馆那么大规模的影绘我是没见过，把铁渣组合起来，做成一个毫无亮点的、乱七八糟的骨架，然后从特定角度用聚光灯照射这个立体，作为背景的画布上就会映出人、风景、生活场景等内容，这种手法，就连我这种艺术知识浅薄的人都知道。

声子老师所尝试的正是这个。

所谓"只有半天时间能看到"的提示，指向的是能看到这幅画的时间，仅限于名为"太阳"的聚光灯照耀的时刻——也就是说，这幅艺术作品的鉴赏时间，仅限于白昼期间。

碰到恶劣的天气，建筑物当然就形成不了影子，因此实际的鉴赏时间应该更加短暂——即使不是运动员，这幅画也会跟运动员一样，会被天气所左右。

当然，虽然统称为"白昼"，但太阳照射的角度并不固定——以地球自转为基准，太阳没有一刻处在同一个位置，随着时间流转，"聚光灯"的照射角度每时每刻都在变化。

声子老师计算到了这一步，并在此基础上，建造了乌鸦馆：

在清晨形成的只是影子。

美术馆的轮廓就被直接投影到了地面上。

然而，随着太阳的移动，铁骨的影子相互重叠、彼此干涉，逐渐崩塌——到了傍晚时分，太阳的位置就会到达与清晨截然相反的地方。

影之馆就在岩石表面坍塌。

伴随着时间的流逝而变更姿态——宛如看着经年劣化、腐朽失修的空房子。又仿佛将十二年的时间缩短至"半天"，即十二个小时里。

声子老师所画的，不是只有从特定角度打光时才能成立的影绘，而是根据光线照射的角度不同，所展现的姿态也不尽相同的影绘。

昨天我们造访乌鸦馆时已经是夜间，然后到了今天，美腿同学开始各种调查的时间在大清早，也就是说，在那个时间段里，乌鸦馆的影子只是被投影出来的、纯粹的影子，嗯，所以也就不可能被发现有变化的存在——不过今天早上和美腿同学在乌鸦馆探寻的过程中，时间流逝，太阳光的角度也发生了变化，真可谓万幸。

没错。

宛如日晷。

"总的说来，发现的契机其实是小眉美被绊倒吧。"

话是这样说没错，但这样说又未免太俗气了。

只不过，凹凸不平的岩石表面也确实是诡计的一环——无论如何，都不可能有哪种铁骨结构能够在所有角度的太阳光的照射下显现出影子。

不管怎么设计，都会有某些角度无法被投影出来。对此，声子老师通过改变被当作投屏来使用的地面进行应对。

莫说是防风林，这里甚至连一株草都没有，这样的地面当然是为了不让投影处产生多余的影子，而在连走路都很困难的岩石上建造美术馆，则是为了随意控制投射出来的影子的形状。准确来说，就是影绘的投影映射。

单单为了展示一幅画而建的美术馆。

这句话倒也不假——但又不是那个意思。

整个环境都是为描绘"倒塌之馆"这幅影绘而设置的机关或者说系统——总的来说，确实是自然环境。

的确是与自然融为一体……但这又跟与自然共生、充满道德心的创作完全相反，这是只有这座人工岛上才能允许的、无与伦比的创作活动。

没错，更像是用人力将无法超越的自然给扭转过来。

"这么不得了的画作……声子老师还创作了另外四幅?"

七年里创作了五幅……不禁让我再次感受到了那种精神。

"光是鉴赏就要花上大约十二小时的画作……肯定会给观众带来相当沉重的负担。"

美腿同学如此说道。

他说得没错。

总不能让其他观众在这一点上也有同样的体验吧——既然都这样总结说明了,为了确认事情的真相,我和美腿同学又不得不在寒冷的天气里互相鼓励,简单把两个饭团分着吃了,继续停留在乌鸦馆里。

因为这是一幅不会在同样的形状上保留哪怕一瞬的"跃动之画"的影绘,所以我们也不敢让目光偏离哪怕一瞬——从这层意义上来说,这还当真是"挑选观摩者的画作"。

对于正在合宿的我们而言,当然可以看个够;但是在如此快节奏的现代社会中,这样的画作应该无法被大众推崇吧。感觉光是用看的,就消耗了十二年的光阴……如果再鉴赏四幅这种类型的、了不得的艺术作品的话，"必须是少年"的团规就完蛋了。

虽说其余四幅"看不见的画作"并不一定是用与"倒塌之馆"相同的概念来描绘的就是了……眼下，相比发现了如果不以"美丽"来形容，就得形容为"让头脑变得不正常"的真相的喜悦，我更担心未来的发展。

无论如何，野良间岛的寻宝活动才刚刚开始。

6. 合宿第三日

　　在欣赏声子老师在野良间岛上建造的美术馆之一，乌鸦馆中所展示的画作时——发现画作时，我所获得的是感动和一种难以名状的心情。这种心情甚至连和我一起发现画作的美腿同学，都难以共享（美腿同学当然也受到了冲击，但说到底也只表露出了"压根没想过会有这样的事！"这种坦率的佩服之情，真是个单纯的孩子）。

　　更不要说其他四个侦探团成员了。

　　当然，这其中也有我不善言辞的原因。除了像前辈那样的能言善辩之辈，其他人应该很难将这幅作品的惊人之处说明白。除非他们都愿意花上十二个小时亲眼见证。

　　同为艺术家的天才同学说不定是能够理解的，但他既不说话又毫无表情，直到最后我都无法确认他到底有没有听进去我的话。

　　只不过，从结果来看，我们确实在这场为了获取美术室的钥匙而不得不寻找五幅画的冒险之旅中，发现了第一幅画。因此，我跟美腿同学得到了团长的肯定。

"不愧是美观眉美和美腿飙太！合宿第二天就看破了真相！多么美丽的侦探活动和伙伴关系！简直让我们这些上级丢尽了脸面，对吧长广！"

被如此自大的小学生夸奖，倒也不能说完全不高兴，但团长丢给副团长的这句话，简直就是画蛇添足。

表面上，长广副团长只是若无其事地回应了一句"没错，就是这样，真是太丢人了"，但被公认为对团长最为心服口服的学生会会长，居然被拿来跟四肢发达、头脑简单的一年级新生以及新入团的我进行比较，内心怎么可能平静得了？

我们六人围坐在营地篝火旁，熊熊火焰似乎暗示着他正在燃烧的嫉妒心——当然，"美观＆美腿"这种被认为最不靠谱的组合被表扬一事，对于利用篝火制作野菜料理的不良学生和依旧面无表情又不说话的天才少年而言，似乎都称不上有多愉快。

证据就是，当我想向大家提供声子老师发的"压岁钱"——也就是找到画作所能用上的提示时……

"不用，我想在没有提示的条件下把画找出来。"

"我也是，我要靠自己的力量解开谜题。"

本来水火不相容的学生会会长和番长竟不约而同地表示拒绝接受提示——天才少年也轻轻地摇了摇头（这个公子哥儿居然对我的提议做出反应，实在是太罕见了，简直令人涕泗横流）。

真是一帮美丽但不可爱的家伙。

他们似乎认为，在没有用到提示的情况下从各自负责的美术馆中找出画作，就可以称得上是比用上了提示才找到画作的我跟美腿同学技高一筹……又不是计算得分的竞技比赛，嗯，假如这场寻宝活动也算是某种主题活动的话，那就没错了。

"唔，那么，我也和他们的步调保持一致吧？虽说不得不对创作所制作的旅游指南做出大幅度的变更，但太草率地结束如此美丽的寻宝活动也不够潇洒——等我找出了自己负责的凤凰馆中的画作后，我要再花上个十二小时，好好欣赏一下眉美和飙太已经鉴赏过的那幅画作！"

这个团长，还真是直率又好煽动啊。

说不定这就是所谓的领导才能（Leadership）吧——用《宝岛》的风格来说，就是领导职位（Captaincy）。

不过这样一来，我跟美腿同学不就无事可做了？

"作为率先完成任务的人，你们两个就辅佐其他成员吧。尤其是眉美同学，老师发的'压岁钱'暂且先寄放在你这里——有人提出想要提示时，你就跑去支援。"

唔。

即便分头行动，说到底还是团体行动。

说是说"有人提出想要提示时"，但怎么想都不会有人想要就是了……嗯，无论好坏，乌鸦馆的画作都给我造成了相当程度的冲击。

若说我对其他四幅画作毫无兴趣，那肯定是假的。

就让我去支援那些一点儿都不可爱的家伙吧。

如此，晚餐兼碰头会结束了，然后大家一起兴致勃勃地放了烟花，冬季合宿的第二天便宣告闭幕——然后进入第三天。

我在声子老师的帐篷里醒了过来。

跟我们带上岛的露营用帐篷不同，声子老师的帐篷是游牧民在日常生活中所使用的、真正的帐篷，睡起来非常舒服。就因为太舒服了，我不出意外地又睡过了头。

"我可不是专门负责叫你起床的哟，小眉美。"

带着比昨天还要惊讶的表情，声子老师一脚踹中我被睡袋包裹着的背部——被教师给踢了，唉哟喂！

虽说不是教师而是前教师就是了。

"明知我曾经是一名教师，还能在我身旁酣睡，可真了不起。不愧是被五个美少年环绕还能照样香甜入睡的人。"

"啊，那个，昨天太累了。花了将近半天的时间在鉴赏一幅画嘛。"

因为怀着被踢醒的怨恨，我的口吻略带讥讽——虽说这也同样暴露了我说话不过脑子的毛病，但那幅作品会给观众带来莫大的负担也是事实。

嗯，那个四肢强健、每天都在进行对我而言多到发指的训练的美腿同学，应该没有像我一样元气大伤……事实上，他今天准时出发了。

"嗯，那个露着美腿的孩子好像往云雀馆的方向去了，去帮那个绅士一样的孩子。"

"这样啊。"

这样算妥当吗？

剩余四名成员之中，想去协助谁都由我们的自由意志决定——话虽如此，实际上的选项也没那么多。

在顺从团长这点上，就连奔放的美腿同学也绝不例外，但若率先跑去帮助双头院同学，倒反而失礼了。

这样等于是在说他不可靠。

嗯，说实话，我很难想象那个对任何事都有独特见解的团长，能够独立解开谜题，不过也没必要故意曝光这一点——对于金字塔形的组织而言，权威不可谓不重要。

如此一来，还剩下三个人，其中，对于天才少年来说，我和美腿同学除了给他添乱，根本帮不到他什么。即便没有团长的那番话，身为艺术家的他，也对声子老师怀有对手一般的竞争心态——我不能轻易把提示告诉他，以免伤害到他的自尊心。

虽说其中也有我罕见的为同伴着想的心意，但千万别忘了，他可是指轮学园初中部的大人物，只要他愿意，一根手指就能把我这种普通学生弹飞。

如此，只剩下两个人了——咲口前辈和不良学生。

既然美腿同学选择了前辈（从"除了给他添乱，根本帮不到他什么"这层意义上来说，我和美腿同学不论对学识渊博的前辈还是天才少年来说都是添乱，我认为虽然美腿同学选择了前辈，但去了也只能是添乱），那以排除法来考虑，我只能去不良学生那边了。

即便不用排除法，我一开始也是打算去不良学生那边的。

"嗯……不良学生负责的是孔雀馆对吧？"

"没错。那可是幅力作……从性价比来说，也称得上是性价比很差的一幅。"

声子老师罕见地感慨道。

"性价比"这种话实在跟艺术家不搭，真要说的话，这座岛本身就极其不经济……

"那个……声子老师，我能问个问题吗？"

"嗯，问吧。虽然睡相很难看，但小眉美还是按照我原本的心意找出了我的作品，这让我很开心——每找出一幅作品，我就回答你一个问题。"

到底算是宽宏大量还是心胸狭隘呢？真是个让我搞不明白的标准——光是找出一幅画就如此大费周章，以奖励来说，一个回答未免太小气了。

难道不是吗？

"按照我原本的心意找出了我的作品"——声子老师

如此说道。

换言之，那幅影绘就是为了让人发现——为了让人看见而画的。

因此，即便大费周章才找到它，但这跟探宝的含义还是稍有不同。

"利用自然现象创作这个切入点，是非常新鲜啦……但我不认为那幅影绘的创作初衷是为了表现跟自然共生，或者说融为一体。那幅作品的主题到底是什么？"

问出口的问题跟原本想问的稍有不同，但在声子老师的诱导之下，还是提出了跟作品相关的问题——罢了，本来就是想问声子老师对待自然的态度，这个问题大体上意义相同，

"作品的主题啊，好像在接受采访。"

声子老师面露苦笑，不好，惹她不高兴了吗？

艺术家还真难以取悦。

"没办法用一句话回答清楚，或许包含了各种意义，又或许所有的一切都是毫无意义——看样子，你也不想听我这种含糊不清的答案，所以我就直说了：不是有句很肤浅的话——'没有哪种艺术能够战胜自然'吗？"

"还真有这句话……"

算不算肤浅就暂且不论了。

有就是有。

听到这句话的机会还挺多。

声子老师自己也说过这样的话。

如果没有能够超越自然的艺术，那么与自然融为一体的画就是至高无上的——如果这句话只是作为讽刺性的有感而发的话。

"这句话可以说是不懂艺术的人逃避的借口，也可以被视为艺术家表示自谦而说出的名言，我想对此高举反对的大旗——假如自然是艺术无法跨越的壁垒，我会一直保持反对的态度直到把它推倒。我想要战胜超越艺术的自然。"

"……"

"我的画利用了自然现象。大家就算从中捕捉到恶意也无所谓——地水火风木，所有这一切都只是为了凸显艺术的装置罢了。"

这番话虽然有些虚伪，或说有些自虐，但也不完全是在说瞎话或开玩笑。

让自然屈服。

这是我看见那幅影绘时，坦率地感受到的东西——虽说是门外汉，但这份感想某种程度也可谓正中靶心。

野良间岛。

在这片虚构的大自然中，声子老师究竟想做什么，又到底做了些什么？

"那个……对于野良间杯先生所打造的这座岛，声子老师到底是怎么看待的？"

"这是第二个提问了，所以等你找出第二幅画时再回答你。好了，换好衣服的话就赶紧出发吧。在你们享受青春的这段时间里，我也有自己要做的事。"

7. 第二馆——孔雀馆

声子老师要做的事到底又是什么？

五座美术馆的建设和五幅画的创作应该都已经完成了——登岛之后经过七年的努力，作品已大功告成，因此才会以主题活动的形式向我们开放。

对声子老师来说，这或许就像是对美术室"接班人"进行的一种 Beta 测试[1]吧……她不会是真心想要直升机，也不会是舍不得把已经跟自己毫无关系的学校美术室钥匙交出来吧。

因此，当我发现影绘时，声子老师会直率地表现出她的欣喜之情……不过，声子老师现在又要干什么？

为下一个项目做准备？

在建造了五座美术馆之后，总觉得这座本就称不上辽阔的人工岛的面积都被人用光了……唔，真搞不懂。

---

1 Beta 测试：一种验收测试。

第二个问题就问这个吧，不过，我还是很在意声子老师对这座岛——对这座不自然的岛屿的看法。我一边痛苦地想着这些，一边走在无法称之为"路"的路上（大概是声子老师的路线。不算是"野径"，而是"艺术家之道"吗），走着走着就到达了孔雀馆。

只不过，华丽得令人联想到孔雀的美术馆，并没有矗立在眼前——至于原因，是因为孔雀馆建造在地下。

此刻展现在我眼前的，是整齐排列在仿佛被什么东西切开一般的半山腰上的太阳能板。

为地下提供电力的太阳能板总共十二块，齐齐朝向南方的天空。

太阳能发电。

正是所谓的"自然能源"……以我现在的心情，这个词很难被接受。

总之，以一共三排、一排四个的形式排列的长方形太阳能板的另一侧，就是孔雀馆的入口——那里有一扇看起来很粗制滥造的门，看起来好像只是在铁皮板上加上了一个把手，下水道井盖都比它更有艺术感。

听起来像是手工艺品的感觉，但实际上就是随便糊弄一下……当然也可能因为美术馆的建造方式跟普通住宅不一样，不过，看来艺术之外的部分，声子老师还真是完全不在意。

天生的艺术家……也不能单纯这样说吧。

我一边思维发散，一边打开门，踩着嘎吱作响的梯子往下爬，潜入离地面约五米的地下，小心翼翼地着陆。

前方有一条很短的走廊，走廊前端就是孔雀馆的展示厅。基本来说，孔雀馆就是这样的建筑物。

就构造而言，比较接近避难所。

建造一座由钢筋铁骨组合而成的馆，想必已是十分花费气力。而要把一座建筑物"埋进"地下，到底要花费多少时间挖掘洞穴（而且只有一个人），我连想都不敢想。

保持着想也不敢想的状态，我进入了展示厅——房间的入口处并没设置房门，人造光从中漏出。

展示厅中，站着双手插兜、以略带侵略性的目光仰望天花板的不良学生——但不良学生只是站着，仅此而已。

假如他不是跟我一起来旅行的同级生的话，我大概会认为这个面色恐怖的美少年才是被展示的作品——这间屋子空空如也，天花板上的电灯隐约发出暖光，除此之外，这里空无一物，墙壁和地面没陈列任何东西。

这里连作为避难所的条件都不具备……如果核战争爆发，有人逃入这里，那他也会在一周之内饿死。

不，在此之前应该就精神失常了。

空旷得过了头。

在这样的情况下，就连橙色的灯光也显得很冷，说不定能把美腿同学给冻死在这里。

"哦，是眉美啊，来得真迟。"

不良学生注意到了我。

这句话真的让我有点儿生气。

本来就觉得你会来找我的——像被看穿了一般，我有种屈辱的感觉。

"哼，什么嘛，别说得好像一直在等我似的。只不过因为天才少年对于白鸟馆所藏的画作已经有了头绪，我去前辈那里之前顺道过来看看你。"

"这样啊。我本来还给你带了午餐便当，看样子要白白浪费了。"

"我当然会先来不良学生这边啦。我的最终目的地，永远都是袋井满同学。"

胃被他人拿捏，我也只能飞速服从了……因为昨天的乌鸦馆要观察十二个小时，所以我和美腿同学不能在白天折回营地，让我俩饿到不行。

"不良学生亲手做的料理当然不能白白浪费。今天你准备的早饭也很美味。虽然现在我的肚子饱饱的，但只要是不良学生做的便当，哪怕肚子饱饱的也想要吃。"

"至少等到中午再说，否则又要饿了。"

哪怕不良学生用故意刁难的语气责备我，他都不曾把视线从天花板挪开——什么嘛，难道那里有什么线索？

在第一天巡视的时候，天花板上分明只装了电灯……

"不，什么都没有。这里除了电灯什么都看不到。我甚至都在想，这该不会就是永久井的作品了吧。"

想想乌鸦馆中的"影绘"，展示在这里的作品应该不会单纯地画在画布上——不良学生如此表示。

虽说直接以"永久井"来称呼声子老师不太礼貌，但不良学生的观点嘛，嗯，我也赞同。

光是这样看过去，确实只有电灯。

治愈系的橙色灯光跟学校走廊里的灯毫无差别，谁都不会认为其中有什么特别的创意。

"真搞不懂。说不定配置上有什么奇妙之处。不管什么样的废品，只要排列在一起，都能变成现代艺术吧。"

"也对。"

从这方面来说，存在超越一般人理解能力的艺术也是事实……单从绘画方面来说，就存在不少类似"哎？难道是这个？"的作品。

面对这种难以理解的作品时，不分青红皂白地加以否定当然很简单（真的很简单），但这种否定也相当于对自己的理解能力加以否定，这样一想，也就无法轻易开口了。

"米切尔·恩德[1]的《毛毛》，我读是读过了，但根本看不懂"，想要做出这种发言，相对应的勇气也是必不可少的。

1　米切尔·恩德（1929—1995），德国著名作家，代表作有《毛毛》《永远讲不完的故事》等。

"只不过，好像还真的什么都没有。电灯果然只是电灯。"

不良学生又短暂地眺望了一阵天花板，最终还是得出了这番结论。如果将美少年侦探团的成员分为"理解艺术组"和"不理解艺术组"，我和美腿同学毫无疑问属于后者，而不良学生会成为我们组的第三位成员，只不过，他对于前卫艺术竟然知之甚详，真是令人意外。

既然他都说了，那么电灯说到底应该就只是照亮展示厅的照明工具而已……当然，室内也压根不能存在需要被照亮的物体。

瓷砖地面上，只有我和不良学生的影子——完全不具备艺术性。

"用自然艺术来解释的话，展示厅存在于'土中'这点大概有什么意义吧？跟土壤同生，好像也有某种哲学性。"

真是符合美食小满的见解。

蔬菜因土壤而存在——从更广的层面来看，失去了土壤，动物也无法生存。

只不过，声子老师所认定的自然艺术，其哲学性和倾向似乎都有所不同……虽说无法很好地表达出来，但应该更为暴力，在某种程度上比生存更为残酷。

"我和眉美这种门外汉怎么看也看不明白的艺术，到底有什么意义？"

不良学生一边靠近墙壁，一边旁若无人般地说道——的确是"旁若无人"，毕竟此处除了我也没别人。但你竟敢把在乌鸦馆中发现影绘的我跟你自己相提并论！不过遗憾的是，我完全没有反驳的余地。

"这个嘛，门外汉看不懂的艺术，也不代表没有意义。虽然狂言和能乐什么的，我也看不懂，但我也不认为它们就应该消失。"

"这种发言，听起来就像'死了算了，我无所谓'。"

"不是说了我不这么认为吗？高尚也好，嗯，低俗也罢，懂的人自然懂，不懂的人就是不懂，这种作品当然应该存在，不然的话，艺术不就变成照本宣科的东西了吗？"

我也没有对"照本宣科的东西"持彻底的否定态度就是了……关于这点，我的思维方式，或许和会因为我发现了影绘而坦率地表现出欣喜之情的声子老师，有所不同。

"话说回来，立志成为漫画家的人经常这么说，与其去画那些装饰在有钱人房间里的画，我更愿意去画那些能被万人读到、印在用再生纸张制作的周刊杂志上的漫画。"

"唔，说得好。"

"好吗？我倒觉得那是商业主义的观点。一万个人的喜欢比一个人的喜欢更有价值什么的，根本就是妄言。"

不良学生如此说道。

比我更怪异的人出现了！叛逆期吗？

"为了让所有人都明白而作画，和想着只要让懂画的人明白就好而作画，两者努力的性质是没有区别的。而且，如果让万人阅读后，作品一跃成为销量百万部的畅销书，漫画家也会因此变成有钱人的。"

对于他过火的讽刺，我并没有反驳，只是说着"嗯，有钱人也是会看漫画的"，适当地配合着他的话。

"能卖给一百万人的漫画是面向一百万人，而不是面向一千人的……所以应该也有为了一千个人而画的漫画吧？"

"搞不好那所谓的一千人的漫画其实只是为一个人

而作的……但说不定这种只为一个人而作的漫画也会有一百万人接受呢。"

这话倒也算不上是什么悖论，不良学生如此总结了一下，在墙边站住了——无论站在什么位置，无论怎样变换角度，墙壁就是墙壁。这里的墙壁跟乌鸦馆一样，去年——其实也就是前天，我用我特殊的视力加以确认过，是水泥材质的、灰色的光洁墙壁。

"以艺术展厅的墙壁标准来说，孔雀馆的墙壁简直太粗糙了。不过这座建筑毕竟是永久井独自一人完成的，而且没有依赖机械，这也是没办法的事……如果我是艺术家的话，在这种房间里展示自己的作品什么的，还是拉倒吧。"

"顺便问一句，不良学生你会画画吗？如果不会油画或水彩画，那教科书的角落涂鸦呢？"

"完全不会。我又没有绘画的兴趣。"

"这样啊。说到底，不良学生的绘画能力都体现在餐盘上了。"

"做得不太好啊。而且明明就只是料理。"

被巧妙地回复了。

在探索墙壁的过程中似乎也没有任何发现，不良学生返回屋子中央。

随即一屁股坐下。

在检查过天花板和墙壁之后，我本以为他要开始检查地板了，但并非如此。

"眉美，虽然早了点儿，不过现在要吃饭吗？"

我受到了午餐的引诱。

好开心。

因此，我也坐到了地上——这种行为原本在大多数美术馆里是不被允许的，更别说饮食了；但在野良间岛的这五座美术馆里是例外。

倒不如说，不吃不喝是不可能做到的。

"哇，今天午饭吃西餐呀！面包你是怎么做出来的？你带来的？"

"永久井在田里栽了小麦，我借用了陶艺用的窑烤出来的。"

"别对味道有所期待。话说，永久井好像完全不适合当农民，麦田很贫瘠，面粉风味不佳。只有那边自行生长的野菜味道还行。"

美术方面姑且不论，能够受得起美食小满的评价的田地，大概就耕不出几块来……这位番长的说法好像也有什么不对的地方。

至于"那边自行生长的野菜"，在这片人工岛上，也是由人工带进来的就是了……带着这样的想法，我咬了一口面包。

嗯。

对我这种味觉迟钝的人来说，这样的味道刚刚好。

虽说这是一个空房间，但我也不能像之前一样，因为食物太好吃而吐出来……虽然意义不明，但这座孔雀馆到底还是声子老师的作品之一。

不能搞得到处都是呕吐物。

"说到作品，在我切开烤好的面包时，永久井那家伙说了句奇怪的话。"

"什么话？'任何作品都要填饱了肚子再看'之类的？"

"'昨晚篝火晚会的时候我就想到了，像你这种擅长掌握火候的人，说不定能够轻而易举地把孔雀馆里的画作找出来'。"

"掌握火候？"

是指借用土窑烧火吗？但擅长烤面包跟发现"看不见的画作"之间又有什么关联……

篝火？

那个……也就是"火"？

"难道要像烤墨纸[1]一样，把整座孔雀馆用火烤一遍，用蜜橘的汁液画出来的画就会现身？"

"当然不能尝试这个！在地下焚火的话，就不是炙烤而是烟熏了……在鉴赏画作之前就会窒息。"

这话也没错。

这里不像乌鸦馆那般四面通风，在室内燃火是非常危险的行为，我们不应该尝试……莽撞的团长搞不好会这样干，但擅长掌握火候的不良学生绝对做不出这种行为。

就是这样。

虽然搞不懂声子老师到底想对不良学生说些什么，不过我这里还有她给我的提示——也就是"压岁钱"。

看样子今天的探索也一样，不到正午就进行不下去

1　烤墨纸：把纸放在火上烤，让纸上的画或字迹显现。

了，差不多能用上提示了吧……但奇怪的是，不良学生完全没有想要向我低头，说"很抱歉昨晚说了那些狂妄的话，请给我提示"的意思。

真是个固执的家伙。

不过这也没办法，在这里低头的话，会断送番长的名声——今后他必须间接守护指轮学园才行。

吃完午饭，喝过水壶里的餐后红茶，该轮到我展现自己对不良学生的关心了。

"啊……话说，不良学生，这只是我的自言自语而已，你想听听看吗？"

"压根算不上自言自语。你实在太不擅长关心他人了。"

"嗯，自言自语稍微大声了点儿。"

"你还很不擅长装腔作势，我都快要同情你了。好了，赶紧说。"

反倒是我被关心了。

"'孔雀馆的画，真正想看的人无论如何鉴赏，都绝对看不见'。"

我一边被羞愧的心情压得喘不过气来，一边交出了声子老师的"压岁钱"。

"'真正想看的人无论如何鉴赏，都绝对看不见'……还真是个谜。这才是令人窒息的禅问答。"

不良学生讶异地蹙眉——话说番长皱起眉头的样子还真恐怖。突然想到这个男生其实是学园内最令人恐惧的危险人物，我不禁战栗了起来。

换言之，平常我会把这事忘掉。

"意思是说'必须让不想看的人来鉴赏'吗？"

"谁知道。仔细想想，乌鸦馆影绘的提示也很暧昧，完全无法从中导出答案。"

在想出解答之后，提示就像是检验推理和答案是否一致的东西——或许，这才是"压岁钱"的正确利用方法。

声子老师绝对不是那种会直接给出答案的亲切人物。

"到底怎么样啊？给我'火候'这种暗示，还真有前教师的风格……合不合适暂且不论，她并不讨厌教学吧。"

"合不适合暂且不论"，这句话听起来好像是对"因为不适合，所以才不擅长教学"的辛辣批评，但至少在一段时期内，声子老师让教师工作优先于艺术活动也是事实。

回过神来，不良学生已经在地上摆成"大"字躺倒了——我原以为他是对这种不讲道理的行为感到厌烦，其实不然，他好像又抬头看向天花板了。

正确说来，是看向电灯。

躺倒在地上，似乎能从正面看向电灯。

"怎么了，不良学生，你还是固执地认为'电灯就是画作'吗？"

"倒也没有那么固执，但总觉得不自然。"

"不自然？"

"地面上不是有太阳能板吗？那里产生的电力，几乎都是用来供给电灯照明的。既然如此，直接用太阳光把这间房照亮不是更省事吗？"

这也没错。

专门为了这座美术馆而设置的太阳能板——然而，除了天花板处的电灯，没有其他能用上电力的地方。

效率太低了。

……声子老师是不是说过，这幅画的性价比很差？

要说不自然，太阳能板本身就很不自然——虽然是自然能源，但说到底还是利用了机械。

这跟利用太阳光的影绘有根本上的不同——那么，

假如把这些不同的"根本"放在一起又会如何？

假如具备了和乌鸦馆差不多的条件……"真正想看的人无论如何鉴赏，都绝对看不见"……"鉴赏"……

"是不是把电灯给拆掉，替换成紫外线灯，就会出现一幅画？从某种意义来说，这也是类似烤墨纸的一种方法。只不过，紫外线灯这种玩意，也不是随便就能找到的吧？"

"也对。不过我赞同'拆掉'这点。"

我瞬间就把不良学生那句听似没用的话听进去了——不，如果可以的话，我希望他能原谅我提出了这种愚蠢的方案，但我就是想到了，这也没办法。

实践这个方案，至少也要大家同心协力吧。单靠我一个人绝对无法验证这番推理正确与否，虽说声子老师是独立完成的就是了。

"我赞成'拆掉'这点。只不过，不是拆掉电灯，而是天花板。"

8. 第二幅画——"雕刻绘"

可以想象得到，这确实是个大工程。

不仅要将这座建筑物的天花板拆下来，而且要拆下天花板上压着的十二块太阳能板。

从效率的角度来考虑，这应该是分散前往其余三座美术馆的美少年侦探团全体成员一起来完成的工程。

然而，这座人工孤岛上并没有建造手机信号站，即便建了，我们也没有人带手机。理由当然是"体验自然"——就跟哆啦A梦说"使用未来道具的话，冒险就没意思了"，然后再也不使用他神奇的四次元口袋了一样。

而且，要在岛上来回折返，将所有人集合起来，让大家在解谜时齐心协力贡献自己的劳动，这种行为是很没面子的——以上似乎是不良学生的判断。

不光固执，还很虚荣是吗？

罢了，我奉陪到底！

毕竟我才是提案者！

我们花了大约六个小时进行拆解作业——我带着半信半疑的态度，想着"真有可能把建筑物的天花板拆掉吗"？不过嘛，实现所有"不可能"的事，大致都代表着"需要花费时间"。

从我身体的疲劳程度来说，我感觉我们不止花费了六个小时（大概两周吧），但看样子，孔雀馆埋在地下的结构，原本就是为了让天花板能够被拆除。该说是逆向思维，还是逆向设计呢……

挪开所有的太阳能板，再转移走下方的土壤后，暴露出来的全都是能够轻易取下来的铁皮板——跟入口处的门相同，大概就是直接把拼装房给埋了下去。

天花板很重，即便靠两个人的力气也不能将其完全抬起来，但好歹把它给拖到了旁边——随即，美术馆的展示厅暴露在白日之下。

在白日之下。

换言之——直接被太阳光照射。

浮现出来的，是一整面映射着太阳光辉的绿色墙壁。

不，不是一面，而是四面。

四方的墙壁都闪耀着绿色的光辉——宛如开屏的

孔雀。

"喔喔……"

不良学生发出了不像他会发出的感叹之声。

其中既有对画作终于浮现眼前所做出的纯粹反应，也有对长时间的高强度体力劳动终于得到回报而表示欣慰吧。

说到我，十分扫兴的是，看到天花板确实是可以拆卸的结构时，我就对自己的推理有了信心，所以在这层意义上，我的欣慰之情可能少于不良学生——取而代之的则是冲击。

当然，我知道这个。

哪怕对于美术十分生疏，至少"干涉色"我还是懂的——与其说这是美术常识，其实更接近于理科，或说是自然科学范畴内的知识。

对有细小凹凸的版面进行反射，随机反射的光芒在复杂构造中相互干涉，形成本来的色素所不包含的颜色，大概是这样……举例来说，无色透明的肥皂泡在阳光照射下就会闪耀彩虹的色泽，这就是干涉效果的一种。

因此，在粗糙的混凝土墙面上，展示只有在太阳光下暴晒时才浮现出图案的"画作"，也不是不可能。

不是不可能。

只不过，制作这样的墙壁需要花费的时间是不可想象的……

总之，孔雀馆展厅的墙壁并非水泥胡乱涂抹了事，而是以纳米为单位，进行过精确凹凸调整的手工作业，最终才能呈现这幅让干涉的结果仅反射出绿色波长的雕刻画。

所谓"性价比很差"，应该就是这个意思——太阳能板也算在内，按照不良学生的说法，如果使用紫外线灯，应该也能造成类似的效果。

然而，声子老师偏偏反其道而行之。

逆向思考——逆向设计。

逆行——逆光。

换言之，电灯之所以采取暖色调的橙色光芒，是因为其中没有包含绿色波长的光——即便开灯，非自然光也不会被反射，只会让雕刻画呈现浅灰色。

如今回想起来，在橙光的照射下，墙壁显得有些褪色，确实让人感觉有一些违和。

那种特殊的电灯，大概比紫外线灯更难准备吧——整间展示厅到底花费了多少不必要的费用，实在让人弄不清楚。

"所谓的'掌握火候'，就是'掌握日光'的意思吧[1]。这点跟乌鸦馆的影绘一样。当然，在有月光的夜晚，这幅雕刻画应该更加耀眼吧。提示中'鉴赏'和'干涉'的冷笑话[2]虽然很无聊，但有这种不大动干戈就看不到的作品也不错。"

当然，只有在自然光芒而非人工光芒下才能看到的作品也不错——不良学生如此表示。

这大概也没错。

虽说没错，但我在听从了声子老师教导的前提下，仍是做出了完全相反的理解。

否定绿色的美术，即为否定自然的美术。

让原本并非绿色的东西看上去像绿色，但那也算不上是绿色。

1　日语中"火"和"日"发音相同。
2　日语中"鉴赏"和"干涉"发音相同。

艺术家将只能在自然光芒下看到的画作封印在了昏暗的地下美术馆里——犹如明珠蒙尘，埋葬美丽。

好不容易才完成的画，最终呈现出来的却是粗糙的墙壁——这种让工作和苦心化为乌有的糟蹋行为，对于声子老师才算得上是艺术活动，不是吗？

9. 合宿第四日

合宿第四日，不巧是个阴天。

如果要找出如同乌鸦馆和孔雀馆中那种没太阳光就无法鉴赏的画作，这种天气极不适宜。如此看来，昨天和前天都是晴天，或许是上天眷顾。

当然，无论晴天还是阴天，我都把第四天的上午定为了自由时间。

我在内心如此发誓。

团体行动和连带责任固然重要，但人类也是需要独处时间的。

嗯，其实我也邀请过美腿同学和不良学生，却被他们毫不客气地拒绝了，这让我备受打击——美腿同学似乎以捉弄副团长为乐，今天往云雀馆去了。

令人意外的是，不良学生居然跟团长一起去了凤凰馆。身为团长，双头院同学固然重视面子，但若一直让他一个人待着，他就会毫无顾忌地采取行动，果然还是让番长去照顾他一下比较好。

即便不是团长，也颇具大哥风范。

因此，在我好不容易早起一次的第四日（我会早起的时候，仅限于没必要早起的日子），一大清早，我就发现自己无处可去，于是开始在岛屿的外围散步。

总的来说，我看的不是岛屿，而是包围岛屿的琵琶湖。

这才是大自然。

说这里不是海，简直难以置信。

那个野良间杯，竟然为一名艺术家在这片壮观的湖泊中造了一座岛——果然不是一般人会有的想法。虽说有钱人所做之事全都莫名其妙，但有钱人一般也做不出如此莫名其妙的事来。

话说回来，我最终还是发现了第二幅画，因此声子老师也就回答了我第二个问题。

问：声子老师到底是怎么看待这座人工岛的？

答：最高级别的不自然。虽然这样说对赞助我的老爷子很不好意思，但老实说，一开始我并没觉得它有多大魅力——但我突然就意识到了：既然没有魅力，把魅力创作出来不就行了？

回复如上。

既然没有魅力，就创作魅力。

乍听之下像是一个积极向上、充满梦想的艺术家会有的积极回答，只不过，声子老师是个一本正经的现实派艺术家，给人的印象既不是"积极向上"也不是"充满梦想"——这样一来，答案的意思就变了。

变质到可怕的程度。

没有甜味就使用人工甜味剂，色彩单调就使用人工色素，声子老师的话难道是这个意思吗——当然，并不是说这样不行。

人不能凭空创造。

只不过，若用我所感受到的风格来解释"最高级别的不自然"这句话的话，声子老师试图去展示的并非与自然共生，而是与不自然共存；并非与自然融为一体，而是与不自然融为一体。

乌鸦馆的影绘，孔雀馆的雕刻画都是这个意思。

虽然我被这些艺术之美深深震撼着，不过我想，假若这些作品不是在这座岛上制作的，大概也不会被接受。

思索着这些事，我竟然绕着野良间岛走了两圈——因为拥有完全自由的时间。

没办法。

与其追求自由，不如追求不自由。

既然不良学生已经去了团长那边，而美腿同学去了前辈那里，那我能去的地方，其实早就决定好了。

白鸟馆。

由年轻艺术家——天才少年所负责的美术馆。

10. 第三馆——白鸟馆

　　我运气不错，机缘巧合之下，在合宿第二天就解开了谜题——但连续三四天都要进行高难度的解谜活动，也需要耗费相当多的精力。

　　为了不至于心生厌烦，晚上大家还会举办篝火晚会，放放烟花，穿插一些适当的娱乐活动，总之还是很享受的。

　　这或许也是美少年侦探团成员的秉性——对我来说，这种秉性很令人困惑就是了。

　　并且，团长和副团长姑且不论，天才少年是否享受解谜，我可没法确定……因为对方不会表露自己的情绪，所以我也只能胡乱猜测。

　　跟美腿同学和不良学生不同，当我抵达白鸟馆时，我看到天才少年站在馆的外面——他正从外侧眺望着白鸟馆，将素描本挂在脖子上进行写生。

　　描绘美术馆的美少年。

自成一幅画。

假如我有绘画的才能，应该会把此刻正在画画的天才同学画下来，但很不凑巧，我的绘画能力恐怕还不如不良学生。

话虽如此，一直偷偷摸摸地躲在树荫下观察他的身影，未免太不应该。

"呀喝！天才少年！是我哦！"

我带着旅途特有的兴奋心情跟他搭话，天才少年却连瞥都没瞥我一眼。

不，绝对不可能是没听见。

如今回想起来，就在前天，面对奇怪的我，美腿同学的反应相当迟钝。我一边想着，一边向他走近。

随即越过他的肩膀看见了他手中的素描本——画得太好了，我甚至都想不出恰当的评语。

他的铅笔是图像编辑软件吗？

异样的美术馆——白鸟馆的特征，被完美地再现于素描本之上，看到了这幅画，甚至会让人有一种找不到"隐藏起来的看不见的画作"也无所谓的感觉。

我保持着哑口无言的状态，将目光转向白鸟馆——

这里既不像乌鸦馆那般仅以钢筋铁骨打造，又不似孔雀馆那般被埋在地下。

相较以上两座美术馆，这座美术馆在外形上是最像普通建筑物的——仅限外形。

然而，白鸟馆的异样之处在于其建筑材料。

是纸。

白鸟馆是一座以纸张为建筑材料的美术馆——这是以一张纸构成的建筑物，可谓规模庞大的折纸工程。用紫色的、展开后不知会有多大面积的纸张，折成了一座两层楼的建筑。

如此规模的折纸，恐怕会因自身的重量而崩塌，所以白鸟馆理所当然地在各处贯穿了加固用的柱子（竹篾？）——假如要用折纸以外的方式来类比的话，对了，跟青森县祭典上被抬出来的"那个"很是相似[1]。

那个是叫"睡魔"吗？虽说美术馆内部没有点灯，但需要利用纸张这一特点倒是相同。

1　此处指日本青森县"睡魔祭"期间，主干道两侧展示的以和纸制作的大型灯笼。

以纸张制作的美术馆。

然而，折纸说到底还是折纸，外表再怎么像建筑物，内部都跟舞台背景的内侧没区别——换言之，这座美术馆的构造决定了人们无法进入。

由于美术馆实在过于巨大，真想进入其中的话，大概需要变成这座岛上不存在的虫子，从纸与纸之间的缝隙里钻进去才行。在这么狭小的地方，应该不会展示什么画作吧？

正因为进不去，天才少年才会待在外侧，勤奋地画起了白鸟馆的素描吧……已经放弃解谜了吗？

看起来很无聊，或者说是无处可去。

身为艺术家的天才少年，在探索声子老师"看不见的画作"时，大概是不需要我蹩脚的助力的，我擅自做出了以上判断——大概美腿同学和不良学生也是如此。但或许正是这种顾虑，才给他带来了疏离感。

若真如此，我们可就做了坏事了。

"没事的！从现在开始我会跟着你的，天才少年！来吧，一起解开白鸟馆之谜！"

在被某种难以言喻的罪恶感所困住的情况下，我绕到天才少年的正面如此呼喊道，但面无表情又不爱说话的他依旧毫无反应。

我搞错了吗？

难道他只是单纯地想要专心画画？

不良学生去了团长所在的凤凰馆，六个人分成了几个两人组，因此我才来天才少年所在的白鸟馆的，但我这种凡夫俗子，果然还是妨碍到他的了吧（这种自觉我还是有的）。

对于擅自前来，又擅自情绪高涨的自己，我忽然感到十分羞耻，于是便"啊哈哈，真不好意思，给你添麻烦了，我去其他地方吧"如此打着哈哈，准备离去。

既然这样，就去前辈那边吧……就算他再怎么优秀，身旁有个整天揶揄他的美腿同学，本来能解开的谜大概都解不开了。

"你就待着吧。"

天才少年说话了，可是他描绘白鸟馆的手并未停下。

"虽然很碍事，但我没觉得你给我添了麻烦。"

喔喔？说话了？他说话了？对我说话了？

我顿时不知所措。

我本就怀疑天才少年会不会不承认我美少年侦探团成员的资格，没想到他竟然会温柔地对我说"我没觉得你给我添了麻烦"。

哎呀，那个，虽然他在这句话之前，也清楚地表达了我"很碍事"，这点就暂且不提了……这或许是今年最值得高兴的事了。

今天才一月三日啊。

"这……这样啊。那我可以留下陪你吗？"

我停下了正欲前往云雀馆的脚步，傲娇地和天才少年搭话——虽然有点儿对不住前辈，但在解开白鸟馆的谜题之前，就让美腿同学继续戏弄他吧。

天才少年全然不顾我的情绪波动，对我那一点儿也不可爱的态度也毫不在意，只是继续在素描本上挥动铅笔，甚至让我怀疑刚才自己是不是听错了。素描明明已经完成得差不多了，难不成还要花更多的时间去打磨？再次偷窥了一眼，却发现他把素描本翻过一页，正在从头开始画一张全新的画。

再仔细一看，合宿第一天看到的那个几乎全新的素描本，现在已经用掉了一半以上……难不成从合宿的最开始，这孩子就一直在做这件事……

反复地对同一项目进行训练，这种行为可以说是极具"运动精神"的吧，不过这让人联想到的并非艺术家，而是像美腿同学那样的运动员……如此看来，两者在追求极致的方面，或许隶属同源。

仔细想想，七年间，能够在无人岛上过着几乎不跟任何人碰面的生活，没有坚持不懈精神的人是绝对办不到的……虽说我不是那种特别喜欢跟他人交往的人，但也不代表我能忍受这种生活，就连尝试的想法我都没有。

不知天才少年又如何认为？

虽说很想问问看，但就算问了，大概也会像往常一样被无视吧……说是说"往常"，其实我们相处的时间也并没有太长，但这种事我还是清楚的。

能被天才少年开口挽留，我非常惊讶，但也很开心，所以顺其自然地就留在了白鸟馆这里。不过和天才少年在一起时，那种充满压力的、毫无对话可言的，且让人喘不过气来的沉默氛围，并没有发生任何变化。

虽说不是不良学生的腔调，但还是让人感到窒息。

"对了，我从'窒息'想到了一件事，天才少年。你还记得声子老师给的提示吧？"

大概是觉得意义不明，天才少年还是直直地盯着白鸟馆，看都不看我一眼——话说，这个人跟把我挽留下来的孩子是同一个人？

我毫不在意地继续说道：

"天才少年不想要'压岁钱'吗？"

这里的意思，绝对不是指身为指轮财团的小少爷，他在初中一年级就已经不是收压岁钱的人，而是发压岁钱的人了。

"美术创作和声子老师同样是艺术家，想法和能力旗鼓相当，对这次的谜题，你应该更有干劲吧？"

前辈和不良学生可能会把我和美腿同学看作竞争对手，天才少年则不同——自从在美术室的天花板里发现了那三十三张画作，他的竞争对手就成了声子老师。

绝不接受敌人赠予的盐巴 [1]，哪怕对方是带有善意的。

---

1 "给敌人送盐"是日本文化中的经典典故，意为给对手雪中送炭，助其脱离困境。这里是对该典故的反用，表示"绝不接受敌人的好意"。

天才少年依然毫无反应——虽说没有反应，我却想把他没有反应的反应当作肯定的意思。

真奇怪。

说的好像我真的能搞懂天才少年一样……这样一来，可就没法吐槽团长了。

只不过，还有一件值得担心的事情，关于声子老师交给我保管的"压岁钱"，涉及白鸟馆的那条，相对来说有些特殊。虽然是这样，但我还是很难主动向天才少年透露线索——换作是我收到这种线索，搞不好反倒会失去干劲。

"与其他四幅画不同，白鸟馆中展示的作品，就算你们没能在合宿中发现，也可以算是你们赢了。"

相比其他提示，这条的风格明显不一样。

这不应该是在决胜负的过程中说出口的话，虽然没有明说，但也像是在暗示我们可以"放弃比赛"了……我绝不认为声子老师会纯粹因为坏心眼而说出那种话。绝不。

难道，正因为知晓挑战白鸟馆的是天才少年，她才会做出这番发言吗——嗯，搞不懂。

乌鸦馆和孔雀馆中的画作也绝不会让人觉得"很简单就能找到"……假如白鸟馆里画作隐藏的难度高于前两者的话,我大概是无法找出的。

"明明叫白鸟馆,用的却是紫色的纸,真搞不懂啊。既然起这样的名字,就该用纯白的纸张建造啊。"

忍受天才少年的沉默实在有些折磨,因此我找了个馆名的漏洞,但对我来说,搞不好这是一次不错的挑剔。

每座美术馆都以"鸟"命名,就之前所见,这些名字绝对不是随机乱取的——乌鸦馆的"乌鸦"以日光照射下形成的影绘之黑来表现;孔雀馆的"孔雀"则以日光照射下才会出现的耀眼绿色来表现。

既然如此,白鸟馆的"白鸟",是否也暗示着某种东西?

是不是该向天才少年进言呢……如果声子老师给的建议算是"敌人赠予的盐巴",身为同伴的我给出的提示,他应该可以接受吧。

刚才他还表示"只要眉美前辈在这里,我心里就会感到踏实"(他并没有说过。而且仔细回想,天才少年甚至都没称呼过我的名字),因此我打算回报他的心意——

只要天才少年不是放弃解谜才兴致勃勃地画画，就应该会参考我给出的提示。

"我说，天才少年，白鸟是紫色的，其中是不是有什么意义？比如白鸟引发了发绀[1]什么的？"

我在令人窒息的环境中努力活跃气氛，天才少年仍旧毫无反应。

我把他这种无反应视为"我已经注意到了颜色的违和感"的意思并加以接受——咦，我们是不是从刚才起能够交流彼此的想法了？

我试图更认真地去解谜，因此摘下了眼镜——并不是想如同第一天那样去看白鸟馆，我是为了看天才少年，才动用了自己的视力。

这是我第一次如此使用令我烦恼不已的视力。迄今为止怎么就没想过这样来用呢？真是不可思议。

天才少年那张令人不寒而栗的扑克脸，看起来就像是在说：

---

1 发绀：血液中还原血红蛋白增多使皮肤和黏膜呈青紫色改变的一种表现，也可称紫绀。

"白鸟的形象另有他物。"

不知道是不是看对了，哪怕有我这般的视力，也只能看出一点点天才少年的表情，这不禁让我浑身一颤（老实说，我以为自己能够看出更多）。什么？白鸟的形象……

不是纯粹的白色吗？

白色的鸟才会被称为白鸟吧？对这个词我没有更多的印象就是了——最多就是一些引申含义。

即便是优雅游水的白鸟，必定也在水面之下拼命划动着双腿，看不见的努力也很重要——看不见的努力。

这是不是意味着"看不见的画作"？这样一来，就跟乌鸦馆和孔雀馆的谜题有些类似了……

"那么，难道是水……"

我突然灵光乍现。

沉默太过压抑，我只能不停地思考，突然就想到这点。这个想法并非毫无依据——跟天才少年不一样，我用了声子老师的提示。

但用的不是所谓的"压岁钱"，而是她那番简短的发言。就在昨天，在我出发前往孔雀馆之前，她这样说过：

"地水火风木，所有这一切都只是为了凸显艺术的装置罢了。"

地水火风木——表现自然的五个汉字。

野良间岛上的美术馆正是五座，假如这并非偶然呢。

将影绘投影于地面的乌鸦馆可以视作"地"，在日光的干涉作用下闪现绿色的孔雀馆可以视为"火"，在剩余的三种要素中选择的话，白鸟馆就应该是——水。

水面下的努力。

不是说这样不行……不过让纸做的美术馆和"水"搭配，感觉不大合适。

是不是用水桶打来琵琶湖的水，浇在美术馆的外壁上，描绘在折纸内侧的画作就会不可思议地浮现上来……搞不好还真能行，但这种开弓没有回头箭的事，我绝对不想尝试。

那种厚度的纸张，再加上竹篾的支撑，倒也不会一浇上水就哗啦啦地崩塌，但整座馆又没做过防水处理，难免会造成损伤。

"啊，不过，说到可以挽回的方法，天才少年，你可以试着打开这座巨大的折纸房子吗？这样一来，搞不好能发现声子老师画在折叠起来看不见的部分的画作……折纸之所以是紫色的，会不会因为如果是白色，内侧的图案就会透出来……"

继孔雀馆之后的又一件拆解工程，但有先例在，我认为这项计划有可能实现。

但白鸟馆不同于孔雀馆，这座建筑有竹篾的支撑，想要不破坏固定部分进行拆解几乎是不可能的……对于这种开弓没有回头箭的工作，我完全不感兴趣。

"我在第一天就确认过折纸建筑的内侧没有任何机关。即便涂上颜色这点我也可以确定……声子老师也早就清楚任何机关都逃不过我的眼睛……说到底，这里只有涂成紫色的、纯粹的纸……难道白鸟馆的名称另有由来？这样一来，要思考的谜题就变成了'为什么偏偏是紫色'。"

是因为紫色充满神秘感吗？

没错，就跟我的形象色彩一样……

"眉，谜题已经解开了。"

我大吃一惊，那一瞬间，甚至以为是神明在对我说话——当然，既然现场只有我和天才少年，说话的人自然是天才少年。

已经在本书中完成发言任务的天才少年，竟然说出了第二句话，我真是太惊讶了（而且还叫我"眉"，把全名省略掉的称谓也让我相当吃惊。我可是你的前辈哦！），而他接下来的发言，更是让人惊叹不已。

"在第一天，看到让人联想到眉的紫色，谜题就已经解开了。所以现在能做的，只有等待而已。"

"只有等待而已……"

等什么？

我一头雾水，完全没搞懂天才少年的那番话（"眉"？），正准备询问时——水。

水打在了我的面颊上。

不光是面颊，头发、肩膀、躯体、双脚，转眼间我被水淋成落汤鸡——我们所处的位置，宛如水面之下。

我们等来了"突如其来的暴雨"。

11. 第三张画——"水绘"

声子老师第二天把"压岁钱"交给我的时候，我理所当然地认为，她是在告诉我，白鸟馆中的隐藏画作是五张画中最难以寻找的，也是被隐藏得最巧妙的作品。但当知晓答案之后，我发现我真是错得离谱。声子老师给我的，并非单纯的提示。

倒不如说，这幅画被第一个找到也毫不奇怪——声子老师的提示，关键在于"合宿期间到底会不会下雨"。

只要不下雨，就不可能看到。

白鸟馆中所展示的，正是这种性质的画作。

今天是阴天，如果是乌鸦馆和孔雀馆，只会让人想到"阴天就看不见太阳了"。连续五天一缕阳光也没有的情况十分罕见，不过连续五天不下雨的时候还是有的。

如果说乌鸦馆所展示的是"就算运气好也只有半天能看到的画作"，那么白鸟馆展示的就是"运气差的话，一星期以上都看不到的画作"——总而言之，我们被这场对我来说纯属突然，对天才少年来说等待已久的暴雨给淋透了。

雨水之中，被淋透的白鸟馆显现出真正的姿态。

紫色的折纸无处容身——转眼间被染成了红色。

角角落落都变成了纯粹的红色。

雨水化作绘画工具，在名为"白鸟馆"的画纸上着色——然而，大雨停歇之后，色彩斑斓、能够夺走鉴赏者眼球和心魄的红色并没有消失。

我和天才少年都已经湿透，白鸟馆的濡湿程度也毫不逊色，因为有竹篾的支撑而没有崩塌的折纸建筑，勉强维持了自己的形态，但那形态比想象的更为虚幻、更令人迷惑。

无法挽回。

不可复原。

我那个"没办法做浇水实验"的结论，算是毫无意义的顾虑——降雨之后就要重建。

白鸟馆正是这样的一座美术馆。

在意识到纸质的馆无法防水这点时，我就该想到

"那下雨时该怎么办"的——我无法接受自己的愚蠢，连安慰自己说"我差点儿就命中了，已经非常接近答案了"都做不到。哪怕从琵琶湖中打一万遍水，都无法像暴雨一样彻底将白鸟馆染红——正因如此，第一天就解开了谜题却依旧沉默寡言的天才少年，才会在这三天持续等待。

而将白鸟馆给画下来的行为，究竟是因为想要把注定要坍塌的白鸟馆的身姿留在素描本上，还是纯粹想要打发时间，这点还无法确定，但总而言之，只有雨水才能把白鸟馆给整个淋湿。

说得更加准确一些，雨跟雨也不一样。

必须是酸性雨才行。

"石蕊纸……所以才是紫色的。"

石蕊试纸、石蕊滤纸，嗯，虽说名称很多，但所有人应该都知道——小学自然课就应该学过了。

遇酸性物质变红，遇碱性物质变蓝——类似便笺一样的试纸。

请大家想象一下，利用那种纸进行工程量巨大的折纸，最终折成一座美术馆——说明虽然简单粗暴，但这大致就是白鸟馆的全貌。

石蕊色素是从一种叫石蕊地衣的植物中提取的……如此，建筑的纸张也算是利用自然制作的，并且，雨水跟阳光同样属于自然现象。

从人类饱受干旱折磨的历史来看，只有下雨天才能欣赏到的画作，似乎是在说明，人类是无法挑战大自然的——然而，不是这样的。

或许这是错误的看法，又或许是因为我对声子老师的态度有偏见，所以才会这么想，但事实不是这样的。

这依旧是对自然的一种挑战。

说得更极端一点儿，甚至是一种侮辱。

酸性雨代表着人类对环境的破坏——人类的智慧早已成功挑战了大自然，我们可以通过这幅画认识到这一点。眼前这座被腥风血雨所染红的馆，能够让人想到的是，人性。

自然是无法战胜的——究竟……

究竟是一句多么没有责任感的话啊！

即便暴雨冲毁了房屋，水灾击垮了河堤，一切也能够重建——不管几次，都能重新建立。

这就是人类。

"话说天才少年，你对我的称呼不太妥当哦，至少也该称呼我为'眉前辈'吧？"

这事没能谈成。

12. 合宿第五天

更准确地说，雨水中多少都会包含一些酸性成分，哪怕突袭野良间岛的阵雨并非酸性雨，白鸟馆也会由紫变红。

从这点看来，声子老师并没有选择环境保护或环境破坏为主题，而是以社会派艺术的方式去建造白鸟馆——她的目的是什么，目前我还搞不明白。

暂且撇开这些观念性的说法不论，从实际性的角度说，合宿第四天，即一月三日，琵琶湖降下的暴雨将美少年侦探团（其实是不良学生一个人）所搭建的帐篷华丽地冲垮了。

因此，在第四天的夜晚，我们在声子老师那座不惧风雨的帐篷里过了一整夜——大家围绕在声子老师身边，就发现的三幅画，进行着其乐融融的交谈。

遗憾的是，多数对话都被声子老师巧妙地岔开了，关于第四幅和第五幅画的追加情报是半点儿都没得到。

不过，因为我和天才少年发现了第三幅作品，即"水绘"（严格说来，天才少年在第一天就完成了推理，我是半点儿功劳都没有，但也没必要特意公开），所以声子老师表示"按照说好的，我就来回答小眉美的第三个问题"。

其实想要问的问题与日俱增……但因为发现了一旦下雨就必须重建的白鸟馆，所以此刻，我想要问的问题只有一个。

"声子老师在这座岛上所进行的艺术活动与其说是性价比低，不如说是完全不赚钱……对于野良间杯的投资，声子老师究竟以什么来回报？"

"野良间杯老爷子对我所做的不是投资，而是散财。他大概是想看看若让我这种怪胎自由发挥，到底能做出些什么来。"

"啥……"

"说到异想天开，艺术家在有钱人面前绝对甘拜下风。虽说那位老爷子是爱玩的花花公子，但他不是让自己玩，而是让别人去玩。当然，在这座岛上生活了七年，并建造了五座美术馆，他散出去的财现在应该已经还回去了吧。"

所以说，这些"看不见的画作"是我送给老爷子的饯别礼——声子老师自言自语般地如此说道。

虽然这是声子老师唯一一次对我的提问给出像样回答，但她的一番话仍旧意义不明。

问答环节之外，我们还谈论了指轮学园的现状以及声子老师就职期间的勇武传说，谈着谈着，夜深了。

有前教师在，当然不能兴致勃勃地聊到太晚，为了给明天做好准备，我们钻进了各自的睡袋。

还剩两座美术馆。

云雀馆和凤凰馆。

13. 第四馆——云雀馆

"让你久等了，前辈！我来了！"

"是你啊。"

今天的日程是从大清早就开始活动，我又按照原定计划睡过了头——按照惯例，在大家出发之后。

谁都不肯留下等我。

谁都不想理睬我。

我用假装沮丧的模样躲过了声子老师，在想到"反正我追过去就好了"之后又重新振作，在剩下的云雀馆和凤凰馆中，我挑选了云雀馆。

这样做也是有理由的。

在昨夜就寝前最后的会议上，总感觉今天不光是不良学生，就连美腿同学和天才少年都跑去支援身在凤凰馆的团长了。

就"尚未解开的谜题"这点来说，副团长所负责的云雀馆跟团长所负责的凤凰馆是一样的，但在合宿接近尾声的今天，也就不必对此多加赘述了。

拥有绝对权威的团长在享受解谜过程的时候，竟然有人说要从旁支援，这其实是很失礼的行为。不过，虽然一直以来，我们的推理活动所践行的原则都是不能让别人觉得丢脸，但此刻大家好像都注意到了，目前最糟糕的情况就是"其他人都解开了谜题，只有团长没有"。

所以大家的行为突然就与以往不同了。

手头没有任务的人全都跑去了凤凰馆——睡过头的我除外。

因睡过头而尚未被分配任务的我，至少也应该为团队保持些许的平衡，因此我前往了副团长所负责的云雀馆。

"少数派的伙伴！你好，我是瞳岛眉美！"

"听起来好像是个好人，但实际上，这种性格还蛮让人讨厌的。"

原本试图凹个造型，前辈的反应却十分冷淡。优美的声线再配上他冷漠的脸，竟然令人更加激动。

嗯，我这个"少数派的伙伴"，实际上是个性格扭曲之辈。

话虽如此，假如连我都跑去了凤凰馆，就算前辈再有修养也会有点儿寂寞的吧，虽说这只是我作为伪装的真心，但好像还是白费功夫了。

"没错，是白费功夫。既然这样，你现在就去团长那边帮他也无所谓。可能的话，我也想要抛下云雀馆的谜题，赶到那边去。"

虽说是开玩笑般的口吻，但这应该是副团长伪装的真心吧——一旦放弃自己的立场就是输了，所以只能坚守云雀馆。

必须尽早发现隐藏在此处的画作，然后赶去团长身边，前辈应该是这么想的。

"明白了！但还请您安心！我来了，一切就没问题了！"

"你只是会造成不安的要素罢了。话说你这情绪又是怎么回事？"

是旅行外加刚睡醒外加空腹的情绪啦。

今天早上，不良学生居然没给我准备便当——那个混蛋，比起我的胃，他竟然优先选择跟团长同行。

这辈子都不要跟他说话了！

"所以，也是因为不想看到不良学生才选择来这边的就是了。"

"明明就是自作自受，火气未免也太大了。第二天就算了，第三、第四天也被一旁的飙太持续捣乱，几乎什么都没做成……今天，我以为自己终于能独处了，结果又来了个眉美同学。"

学生会会长"哎呀呀"地耸了耸肩。

原来如此，我还以为他解的这个谜题是什么特别费力的谜题，所以花费了这么多时间也没有解开，没想到，是因为美腿同学在持续捣乱……

"请别担心，我不会嘲笑前辈是萝莉控的。在无意中见过那位小学一年级的未婚妻之后，我会试着去理解前辈的这种兴趣。"

"你所用的调侃方式跟飙太完全没区别。"

前辈摆出看似厌恶的脸色，却并没有要真的赶我走的意思——好棒，应该是得到帮忙的许可了。

他是个态度温和，但自尊心很强的人，所以我想，如果我提出想要帮忙的申请，应该是会被拒绝的。因此我才精心设计了各种各样的方案，但这样一来，就算我的登场方式很平常，结果可能都一样（也可以说，越是精心设计就越会被讨厌，所以结果不会一样）。

换句话说，为了能够尽快赶往凤凰馆，前辈甚至欣然接受了我的帮助——我一边钦佩着前辈的忠心，一边从内侧开始环视云雀馆。

撇开谷底的选址条件不论，这座建筑本身可谓五座美术馆中，最像美术馆的美术馆。

不光以铁骨打造，还有墙壁和天花板，既没被埋在地下也没用纸张作为材料——虽说配合着谷底的形状，打造成了不知该说是长屋[1]风格还是鳗鱼寝床[2]一样的长方形，但如果强调这是一栋充满匠心的设计建筑，人们也能接受。

建筑内部并非像孔雀馆那般空空荡荡，而是被隔板分成了好几个房间。这里没有配置太阳能板，为采光而设置的小窗被配置在各处，完全不会产生"被关在避难所里"的错觉。

没错。

1　长屋：一种狭长的木质屋子，通常隔成数间，分给数户人家居住。
2　原文"鳗の寝床"，意为"又长又窄的房屋"。

除了"一张画都没有展示"这点之外，这里可以说就是普通的美术馆——没有一点儿违和感，让人毫无头绪，这就是云雀馆。

从某种意义来说，这正是最适合美少年侦探团里的常识担当、头脑聪明的咲口长广来解谜的美术馆。

乌鸦馆以钢筋铁骨打造，就以构架本身直接得出答案；孔雀馆则在不良学生从电灯得到启示后解开谜题；天才少年则是从白鸟馆的紫色解谜——那么，云雀馆的谜题应该也只需从某种东西入手，然后直达真相就行了？

"硬要说的话，线索就是'谷底'这种选址条件了。不论怎么看，交通都太不方便了。"

确实如此……总不见得要让观众从天空直接降落到这里吧。在到达云雀馆之前，我可谓溯游而上，在岛上绕了好大一圈，颇为窘迫。

光是抵达这里就如此费劲，建造想必更费工夫……从正上方直吹而下的狂风似乎可以将房子掀翻；若遇上昨天那般的暴雨，根本无处可逃；夏天，在无法遮掩的直射阳光的暴晒下，整个环境会变得像蒸笼一样，这里的环境可谓再恶劣不过了。

乌鸦馆之所以建在凹凸不平的岩层上，是为了影子的形状的最终呈现，地面起到了立体幕布的效果，既然如此，谷底是否也被赋予了某种意义？

"观看艺术作品的人也应该付出相应的劳动，这似乎是基本的规则，所以在不容易到达的地方建造美术馆，我认为这很符合声子老师的风格。"

"按照团长的风格来说，这就是'美学'吧。"

前辈颔首。

然而他又继续说道：

"我不认为不用付出代价就能看到的画作就是没有价值的。"

唔。

这位忠心的副团长，似乎也不是所有的价值观都跟我们伟大的团长一致。或许正因如此，他才被赋予了副团长之职。

确实，免费也自有免费的价值。

价格便宜也有价格便宜的价值。

假如好东西全部都变为高价商品，我们就读不起漫画了。

"当然，'好到无法被定价的东西'应该也存在。但这只是一般论，假如某人按照制作者的意图，千辛万苦地来到这里，却发现这里没有任何装饰，就像是被欺骗了一样。昨晚谈话的时候我就确认了这件事——老实说，永久井老师超越了我的理解。"

"我觉得，大概就连赞助人野良间杯也不一定理解声子老师吧。"

对于艺术，好像存在"就算不理解也没关系"的评价——只要说一句"我就是个普通观光客"，就可以溜之大吉。但事关大家返程的直升机，性质就不同了。

即便没有这点，还是会感到难受。

既然都鉴赏了三座美术馆中的三幅画了，我觉得也有必要看看剩下的两幅画。

"那个，前辈。这只是我的自言自语而已，你想听听看吗？"

"什么，眉美同学？"

副团长没有继续追问，看上去似乎还很冷静，但好像也没那么从容了。

太棒了。

"是声子老师放在我这边的'压岁钱'，还请你务必收下——'音乐室的钥匙在我手里，只要找出云雀馆的画，我就把钥匙给你'。"

"音乐室？"

面对为了不被拒绝而说得飞快的我，前辈歪了歪头。

"为什么会跑出音乐室的话题来？"

就是因为我不知道，所以才叫提示啊。

乍听之下很像是送给负责白鸟馆的天才少年的"压岁钱"，但曾是美术教师的声子老师，不可能拿着（跟美术室相同，现在没被使用的）音乐室的钥匙。

完全就是空头支票。

因此，我们也不能对这句话照单全收——必须解读它背后的意义。

"在来这里之前我就尝试推理了一下，前辈，指轮学园初中部音乐室的布局，会不会就是提示？"

"我想是想过，但那间音乐室毫无特征，没有任何特别之处。隔音墙、三角钢琴、画着五线谱的黑板……长年不曾使用，看起来很乱，但跟这点应该没有关系。"

就像声子老师在美术室的天花板里藏匿了画一样，音乐室的天花板里是不是也藏着解决眼前状况的什么线索呢……但藏在遥远的学园校舍之内的提示，对眼前的状况完全没有任何参考价值。

从迄今为止的三份"压岁钱"的倾向中可以看出，声子老师十分直截了当，明白这点之后就能明白她给的提示好像都是按照她的思路提出的，所以想得太复杂也不好。

音乐和美术的差别。

虽说不能把两者归类于同一种艺术……但总感觉音乐的门槛比美术的门槛低一些是不是？

"大家经常说，在所有学问之中，只有音乐不写作'音学'，而写作'音乐'。不过这种乐趣已经从指轮学园的课程中消失了。"

"唔，没错。既然来到音乐领域，如果踊在这里的话，或许就能从提示中获得灵感，我却不太行。"

"踊？谁啊？"

当我询问这个陌生的名字的时候，前辈明显地表露出了"糟糕"的表情——明显过了头，甚至让性格恶劣的我都放下了追问的意图。

不仅如此，甚至还抛出一句"话说回来"，用以施展援手。

我怎么做出这种天真的事。

"昨晚没说过，但我在解开白鸟馆之谜的时候曾经推测过，'地水火风木'的五大要素是不是分别代表了一座馆。结果，天才少年运用了跟我的提示毫无关联的其他方式，早就完成了解谜……假如乌鸦馆是'地'，孔雀馆是'火'，白鸟馆是'水'，那么云雀馆到底是'风'和'木'中的哪个？"

"这个……"

前辈也可能没有注意到性格恶劣的后辈出于顾虑把话题给转了回去，但作为最高年级的学生，他还是和我商量了一下。大概我所欠缺的，就是坦率地接受来自周围的好意的能力。

"光看这里还不好说，但团长负责的凤凰馆，再怎么看都是'木'的主题。以排除法来判断，这里应该是'风'。"

"也对。"

嗯。这种程度的排除法连我都做得来——其实我就是明知故问。

确实感受到自身成长的同时，我点了点头说：

"确实如此，这里是谷底，从正上方吹下来的风确实强劲。从体感来说，云雀馆比乌鸦馆的周围还冷。馆里所展示的总不见得是风吧……"

换个角度来看五大要素的话，既有利用到"太阳"的画，也有利用到"雨"的，既然如此，真有利用到"风"的画，也不奇怪。

自然。

不过，声子老师想要创作的不应该是不自然吗？不自然的风……但风主要是空气，看不见也是理所当然的……但因此就坚称"这就是看不见的画作"，未免也太不讲理了。

根本不叫不自然，而是不讲理。

"展示风？你刚才把风称作展示品了吗，眉美同学？"

这次轮到前辈质问我了。

搞什么？这人都不知感恩的吗？

他是打算把我没经过深刻思考就漏出来的话拿出来挖苦一通吗？

既然如此，那我也有自己的考量。

"不，我没这么说过。"

"那我就不跟你分享解谜功劳了哦？"

"咦？"

"虽然花费的时间意想不到的多，但我还是把云雀馆的谜题'攻略'了。"

不对——不叫攻略而叫鉴赏。

说罢，前辈冲我眨了眨眼，优雅地吹起了口哨。

他好擅长眨眼！

14. 第四张画——"音绘"

如果说野良间岛的美术馆会将一定的负担强加给鉴赏者的话，撇开到达美术馆之前的负担姑且不论，相比前三座馆，云雀馆的"入馆费用"可谓极其便宜——只要把馆内各处的窗户全部打开就好。

相比从始至终必须待在馆里约十二小时的乌鸦馆、不得不进行拆除天花板作业的孔雀馆和必定得苦苦等待降雨的白鸟馆，在有两个人的情况下，打开窗户这份工作一点儿都不费事。

喜好说明的前辈罕见地没有进行事前说明，我就在一头雾水的情况下完成了工作，但最后，当我将美术馆的入口和紧急出口打开的时候，突然就明白了答案。

正所谓"百闻不如一见"——不对。

应该是"百闻不如一听"。

从正上方直吹谷底的风，从构造细长的云雀馆——直穿而过。

此时此刻，尽管我和前辈身处馆内，却充分感知到了住在巨大的长笛之中的妖怪的感受。

没错。

云雀馆配合着谷底形状的设计，绝非为了外观的时髦感，而是为了忠实于更加实际的机能美——并非馆的造型配合了谷底，而是谷底的形状配合了馆的设计。

换言之，就是笛子。

没有必要说明，甚至也用不上声子老师"音乐室"的提示，就是那种在中空的管子上开孔，朝里面吹气发声的乐器——真要说的话，整座美术馆就是一个巨大的吹奏乐器。

强风直接将空气吹了进来。

美术馆内部之所以被隔板隔成好几个房间，好像也是为了对从入口处进入的风进行微调……换言之，就是被固定的阀。

身处乐器构造之中，我感受到的并非声音的堆叠——美术馆所发出的声音，让我并非以听觉，而是用皮肤的感觉或者说触觉来倾听。

对于没有绝对音感的我来说，根本不可能用"哆来咪"将复杂的和音表现出来，那应该怎么办呢——没错，声音以影像的形式表现了出来。

就在我全身被爆音一般的寒气吹到的瞬间……

我确实看到了，成群结队、展翅飞翔的云雀的影像——这跟美观眉美的视力毫无关系，而是直接闪现于头脑之中的唐突影像。

所谓"掠过脑海"，指的正是这个意思。

我看到了声音。

只能以这句话来表达这种现象。

"这应该就是通感的模拟体验吧。虽然有了这方面的预测，但真没想到能有这种再现程度。"

前辈再度吹起口哨并如此说道。

刚才我还一味地认定，前辈是因为解开了谜题，很快就能赶往团长身边而高兴到吹口哨；但现在看他的行为，应该是在表现"笛子"。

那么眨眼就是开关窗户的暗喻吗？

不，那应该纯粹只是心情很好……但真没想到，云雀馆之所以有那么多窗户，根本不是为了采光，而是为了让风穿过。

"通感……就是能够从触摸到的东西上感知味道、能够听出味道之类的，将五感重新洗牌去感受事物的现象吧……"

这是我看漫画学来的知识，虽然没那么正确，但应该也不会出错。

"没错，还有就是——能够看见声音。"

看见声音——通感。

既然如此，声子老师在云雀馆中所描绘的就是"看得见的声音"吧——美术馆中的声音不是云雀的鸣叫，却能够让人从声音中看见成群的云雀。

看见本不存在的画作。

没错，就是以肌肤去感受。

"用各种各样的比喻来表现葡萄酒的滋味，让人光是听就感觉很好喝。从这层意义来说，云雀馆需要鉴赏者付出的不光是打开窗户的劳力，说不定还有音乐的品位。"

初中生应该还不知道葡萄酒的滋味吧——虽说很想这样吐槽，但看上去就很有成人样的前辈一开口讲话，真的很像个成年人，所以我就闭上了嘴。

只不过，音乐品位啊……

尽管先前思考过美术和音乐的区别，但对于声子老师来说，似乎将两者混为一谈也无妨。

意外的是，她说持有音乐室的钥匙竟然是真的。

"反过来说，平常看惯了绘画或雕刻的专家们，只会把云雀馆中发出的旋律听成普通的风声。就是因为美术的感觉过于突出，才会听不出音乐来。"

"从这层意义上来说，美术创作，也就是天才少年，他负责的是白鸟馆，算是很幸运的。"

再反过来说，让美声长广负责云雀馆纯属侥幸——可若非是他，这个谜题恐怕也解不开。

似乎因为我提及了"风"，才能以此为契机完成推理，学生会会长说了些提携后辈的话，当然，假如我没来（并且到昨天为止，假如美腿同学没来），他大概能够更早看破"音绘"的存在。

说第二天可能太夸张了，但恐怕第三或第四天就……

"谬赞了，眉美同学。虽说我是美声长广，却不是音乐方面的专家。"

"是这样吗？你不是在合唱技巧上指导过我吗？我还以为你多少有些唱歌方面的造诣呢。"

"我那时候为你进行的不过是声音训练，并非锻炼你的唱歌能力。能称得上是音乐方面的专家的，美少年侦探团中只有踊了吧……唉哟。"

说什么"唉哟"啦。

搞得我更想询问关于"踊"的事了。

先前大概是被谜题尚未解开的压力导致不当心说漏了嘴，这次好像是因为谜题解开而松了口气才说漏了嘴，但连续两次故弄玄虚，弄得性格扭曲的我都不想再听下去了——话虽如此，但那位"踊"既非学生会执行部的人，也不是前辈的同班同学，既然提到对方曾是美少年侦探团的成员，还是不得不听一下。

事态已经超越了我性格的恶劣程度。

搞什么？还有我不知道的成员存在？

那我就不是第六人，而是第七人了。

连自己的编号都没搞清楚，还算什么成员？

"不不，眉美同学，你是如假包换的第六人。真要计算成员数量的话，'美谈之踊'也应该算是零号人物。"

"零号人物……"

在我虽无此意却带着责备意味的视线注视下，前辈勉为其难地将情报透露了出来。

"双头院踊。他是现任团长的亲哥哥，美少年侦探团的创始者。"

15. 合宿第六日（最后一天）

最后一天我也睡过了头，这让我很失落——到了最后，只有除了中午前都被定为自由时间的第四日，我按照行程准时起床了，我到底是有多不自律？

反省和自律统统没有，我这个人，真的无可救药了。

这样一来，也就没法责备美少年侦探团诸人的天衣无缝了……要说唯一还有救的一点，就是虽说睡过了头，但总算赶在声子老师来喊我起床之前睁开了眼。

"哦，自己爬起来了啊。了不起了不起。"

还被这样表扬了。

虽然用的完全是夸奖坏孩子的方法就是了……再一看，声子老师好像在收拾帐篷。

被雨水濡湿的地面已经干透，我们自己的帐篷也可以重新搭起来了，不过，在最后一晚（就是因为最后一晚才会如此？），全体成员还是在声子老师专业规格的帐篷里过夜，老师好像在做善后收拾工作。

"啊，我来帮忙。"

被成员们弄得乱七八糟之后，善后工作居然还要交给前教师声子老师来做，真的让人倍感抱歉，我慌忙从睡袋中爬了出来。

"不是的。那个佯装坏孩子的孩子今天早上把你们弄乱的帐篷全部收拾干净，之后才出发的。"

佯装坏孩子，是说不良学生吗？

"那老师又在收拾些什么？"

佯装坏孩子，还被大人给看穿了，简直丢人。

如此说来，相比我初次在这里过夜的时候，帐篷确实显得清爽了几分——该说清爽，还是单纯地行李减少了？

"你别在意，我在打包行李而已。"

"打包行李……那您是要去哪儿？"

五座美术馆已宣告完成，是为了给新的艺术活动准备材料吗？新年假期也快结束了，这种可能性也是存在的。

"这能算是第四个问题吗，小眉美？"

嗯……不对，这种无聊的问题，哪怕当作附赠的，爽快地回答一下也好啊。

被这样一说，这个问题也就无法回避了——我想要问的第四个问题，在昨天看到云雀馆中展示的音绘时就决定好了。

"声子老师没想过上电视吗？"

"电视？"

声子老师突然用发狂般的声音将我的话重复了一遍，随即停下手头工作转向我——她那意外的表情，让我以为自己突然说出了发狂般的话语。

而我却显得无比认真。

"并不一定是电视……杂志、网络什么的都行。总之，您没有想过，更加……那个……出人头地或说誉满天下吗？"

想找个正确的说法好难，无论怎么说都会显得很俗气。我咳了一声，继续道："能够创作出那些大作品的声子老师竟然不为世人所知，实在太可惜了。"

乌鸦馆、孔雀馆和白鸟馆中的三幅画并不会让我想到这些——那些都只是异端的艺术家所创作的异端艺术而已。

　　然而，云雀馆中的画着实太厉害，我认为大众都应该见识一下这幅作品的厉害——满心想着赶往团长身边的前辈似乎没能立刻想到这点（对于学生会会长来说真是遗憾，太遗憾了），夸张点儿说，用"声音"来表现"影像"的艺术，甚至有可能给世界带来革新。

　　说句老实话，你不应该是埋没在这种不知存在还是不存在的人工岛的谷底之中的人物——你应该被更多人认识，让更多人感动。

　　千言万语汇成一句话，我所想的其实就是"声子老师，你不是也能做出像样的艺术品来的嘛！"。

　　我一直认定她只是个被奇怪的有钱人所赞助的奇怪艺术家，但既然能够那样认真创作，也就没必要特意过这种自给自足的隐居生活……

　　"你能这么说，我真的很高兴……尤其是被你这种门外汉这样说，让我非常高兴，但还是不行。你忘了吗，小眉美？我可是因为引发过不妙的事而被指轮财团下达通缉令的坏蛋哦。"

　　出乎意料的，声子老师看上去似乎喜形于色，还摆了摆手——面对我的评价，她似乎有些害羞。

我本以为她会冲我大发雷霆，并说"我可不是为了出名才进行艺术活动的"——为此我都做好了心理准备。

这下我就更搞不明白了。

既然老师也有"受到表扬就很高兴"这种身为人类理应拥有的感性，那就更应该站在舞台上才对啊。

"那都是七年前的事了啊。就算不能重返学园，为了声子老师，天才少年——指轮同学应该会帮您安排的。"

"那孩子不是这种公私不分的人。"

"那……那么，我会去想办法的。"

"小眉美，你想怎么做？"

到底怎么做呢？

这番话全都是未经思考说出来的，被对方这么一堵，就完全说不下去了。面对十分困惑又无法将感情顺利表达出来的我，声子老师说道：

"说到指轮学园的问题，那已经是七年前的事了。

"为了逃避追踪，在那之后的七年里，野良间老爷子关照了我不少。但我并没有得到自由，而是像只笼中鸟。"

"鸟……"

五座美术馆均以各种鸟类冠名。

"被小眉美所夸赞的云雀馆，你觉得建造那座馆到底花费了多少钱？那种东西，上电视是绝对拿不到预算的，只能针对个人的艺术，也就是我说的性价比。所以在这七年的时间里，虽说我想怎么做就怎么做，但随心所欲和自由是完全不同的两回事。"

"你明白吗？野良间老爷子对我有恩，而且我还欠他很多人情。坦率地说，就是很大一笔借款。恩义和借款把我整个人束缚住了。我完全是一只笼中鸟啊——之前去见你们，也是得到了野良间老爷子的特别许可才能成行，而拿到许可的还不是我。"

原来如此。

虽然没确认过，但这方面的准备，大概是发饰中学的学生会会长做的。

那么，声子老师今后也要为了野良间杯，封闭在这座岛上悄悄地搞艺术活动？在无人知晓的情况下，继续创作那些无人知晓的作品？

这到底算什么？

无法很好地用语言表达我的心情，但这到底算什么？

装饰在有钱人家墙面上的一幅画，绝对不是没有价值，然而……

"所以，我才会向美少年侦探团发出决定胜负的挑战。"

声子老师背对我，继续打包行李——她背对着我，因此我并不知道她说这句话的时候，究竟带着什么样的表情。

"如果能从你们手中赢得直升机，我就不会被指轮财团或野良间老爷子给逮到，就能离开这座岛，自由地展翅高飞了。这不是逃离，应该叫越狱吧。"

16. 最后之馆——凤凰馆

"哦，来了啊，眉美同学！期待已久了不是嘛！美少年侦探团全员集结！来吧，让我们团结一致，解开凤凰馆的谜题！"

用一如既往的元气欢迎我的，正是我们的团长，指轮学园小学部五年级的双头院学——旅行中我那种高涨的情绪，到底还是比不上这位上司的"一如既往"。

野良间岛上五座美术馆中，唯有团长负责的凤凰馆之谜直到最后都没有解开，就团队作战而言，事态已经发展到能想到的最坏程度，但看到团长那副开朗的模样，不禁让人忘却了惊讶的感觉，反倒安下心来。相比自己解开谜题，成员解开谜题更让他感到欣喜，我当真认为这就是他本性……与阴郁的我完全相反。

我深切地感到自己只是走运，才能第一个解开谜团，团长。

不过关于这点，不仅性格恶劣的我，其余四人的心情大概也差不多。

在我到达现场时，曾经各自用不同程度的刻薄态度对待我的四人，今天却例外地非常欢迎我。

"小眉美，你终于来了！"（美腿同学）

"全靠你了，眉美。你有好好吃饭吗？"（不良学生）

"能靠得住的只有你了，眉美同学。请帮我们看看。"（咲口前辈）

呜哇，被期待了。

他们的心情，大概就像在最后一日抓到了救命稻草吧……总觉得就连沉默的天才少年都向我投来无心的热烈视线。

嗯，压力山大。

我是那种被人以随意的态度对待才能发挥本领的类型（这是什么类型啊），但正如团长所言，这次是期待已久的全员集结，不管愿不愿意都必须努力。

虽说晚上大家会一起举行篝火晚会，后半夜一起在声子老师的帐篷里时，还会全员集中开碰头会，相互报告一天解密的经过，但从第一天之后，就再也没在美术馆前全员集合过了。说到"第一天之后"，也可以说是今年的第一次全员集合……能不能看出来不好说，但总想让他们看到好的作品。

所有人，全体成员。

虽然没把美少年侦探团的创始者，即"零号人物"给算进去就是了……算了，就算现在考虑这件事也没什么用。

就算说漏嘴的前辈想透露更多的消息，我也没做好接收更多消息的心理准备——怎么说呢，我甚至都不想听到更多的信息。

美少年侦探团创建时发生过什么……还有，关于双头院学这位谜之领导的隐私，身为小学生的他，为何能集初中生成员的信赖于一身？这些谜题，我目前没有胆量去探知。

我觉得，现在还不是知晓这些的时机。

不光是心情方面的问题，现实层面的时机也是如此——今天下午，我们必须找出凤凰馆中展示的，或者说应该展示着的画作。

现在不是挑战其他谜题的时候。

接我们的直升机傍晚就会来。

因此，能用来解谜的时间，实际只剩下半天了。

"怎么搞的，我老是睡过头……"

"这倒是真的。"

我一边接收着不良学生发自内心的吐槽（你倒是喊我起床啊），一边看向凤凰馆。

建造在山林中央的美术馆。

在此之前，我依次看了铁骨打造的乌鸦馆、埋在地下的孔雀馆、巨型折纸构成的白鸟馆和位于谷底如笛子一般的云雀馆，而作为最后的压轴，凤凰馆似乎有负于它的名称，是一座十分简朴的美术馆——跟其他四座美术馆截然不同，凤凰馆简朴到甚至让人心想"就这？努力一下的话我也能搞出来"。

说到底，这就是一座塑料大棚。

建在山坡斜面的塑料大棚——尽管以尺寸来说绝对不小，但还是超出了常识的范围。

单以字面意义来说，把这栋建筑称为"馆"多少有些不合适……但当然了，美术馆应该重视的并非外侧，而是内侧。

是内侧，也是内部观察。

在看完前四座奇妙的美术馆之后再来说这种话不免有些苍白无力，但野良间岛上的美术馆，每一座都是为了展示一幅画而建的。

关键在于其中的内容……就凤凰馆来说，塑料大棚中展示的作品，应该符合塑料大棚的特性。

既然拥有塑料的特性，我连忙摘下眼镜，利用自己的视力，对内部进行透视，但馆中能够看到的只有植物。

花草树木，孕育其中。

这就是非常普通的一座塑料大棚……整体风貌不像艺术活动，更像是声子老师自给自足的一环，或者说像是闲暇之余搞的园艺。

"总之，我先进去一下行吗？"

我提出申请。

大家之所以都待在美术馆外，绝对不是为迎接迟到的我而进行的某种仪式，纯粹是因为塑料大棚内部高温多湿，哪怕是寒冬时节，都无法待在里面超过三十分钟——在第一天，我尝试了五分钟就放弃了。

塑料大棚堪称桑拿房。

透过塑料所能掌握的事也是有限的……忍着不流汗

就能看到的东西，又何必冒着失明的危险去看呢。

"当然，眉美同学想怎么做都行！你可是这次旅行的主角！请务必保持这种势头拿下 MVP！"

团长兴高采烈地说道——居然还有 MVP？能得到什么吗？

"那我也一起去吧。凤凰馆真是看多少次都不会厌烦的！就让我为眉美同学保驾护航吧！"

确实，让第一天起就一直待在此地的团长来带路，真是再好不过了……我感觉内心很踏实，唉哟，其他四个人干吗都瞪眼看着我（刚刚还被寄予厚望的我）？

莫非让我这种人渣跟团长两人独处，是他们所无法忍受的事情……怎么能这样说呢？

我自己去也没问题——不过到底还是没能拒绝团长的好意。最终，我和双头院同学一起进入了塑料大棚……错了，是凤凰馆。

在入口处有"必须脱掉鞋子，换上拖鞋"这种形似美术馆、实则徒劳的告示，其他则完全是温室的风情……总觉得"美术馆"并不是一个合适的称呼，"植物园"才是正确的说法。

与塑料大棚外部那种在某种意义上来说根本就是荒芜山林野蛮生长的景象截然不同，大棚内部是修剪整齐的庭园，甚至为游客规划好了行动路线。

枝叶花果，全都被修剪得很漂亮。

被修剪好的自然……不，是被"人工美形"的自然。

该说是被美化的山林吗？

"虽然人们经常说，'没有哪种美能够胜过大自然'……这里想表现的莫非是，话中所说的'大自然'其实是经由人工打理后的产物？"

我忍耐着热气，擦拭着皮肤上的汗水，朝走在身旁的双头院同学发问。

他好歹在凤凰馆待了五天，不至于白待……对于馆内的风景，他也应该有自身独到的见解。

"大概吧。我只知道，永久井声子老师所打造的凤凰馆实在很美。和这座岛上所有的景色一样美。"

会向他提问，是我太蠢了。

在这里待了将近五天的人，是除了"美"之外不具备任何"传感器"的团长。

目前为止，在外面的其他四人似乎也没拿出什么特别值得一说的推理，这样一来，我还真的不得不努力了……

昨天下午就赶到这边来的前辈也没能从馆中得到灵感，也就是说，隐藏于凤凰馆之中的，是常识范围以外、不同寻常的画作吧。

然而，若说双头院同学的回答纯属无稽之谈，好像又不对……至少，团长对于凤凰馆的评价是相当高的。

回想起来，大家在第一天的晚上决定各自负责的馆时，团长打头阵一般，主动承担下了凤凰馆的解谜任务。

那时他已经知晓，凤凰馆其实是山中的一座塑料大棚——不管怎么说，"凤凰馆"这个名字非常帅气，所以团长抢下这里的行为并没有什么违和感，然而，要说作为解谜的对象，这座馆的魅力如何，目前还有些摸不到头脑。

对于侦探而言，乌鸦馆和白鸟馆这种一看就让人觉得出乎意料的地方，应该更有吸引力才对……然而，他偏偏选择了凤凰馆。

从这点来看，凤凰馆应该存在某种令他的美学"传感器"有所反应的东西。

而美学"传感器"也有可能对我的眼睛和心情产生反应。我觉得这个"传感器"不太可靠，但除此之外也没有其他线索。

不，还有线索……

还有声子老师给的"压岁钱"。

进入最终日，凤凰馆在"地水火风木"五大要素之中，明显代表了"木"，这不需要任何提示；但"压岁钱"多少也能为推理提供一些线索。

双头院同学和其他成员保持一致，在此之前也不愿接受寄放在我这里的"压岁钱"，但除了在我给出线索之前就完成推理的天才少年，大家都是在用上了"压岁钱"的情况下才找出了画作，因此可以说，状况从第二天夜晚篝火晚会时就变得不一样了。

应该不存在什么不接受敌人施舍的理由——就双头院而言，他是不是真的有"敌友"的概念都很难说。至少，他应该没有敌视身为"先驱者"的声子老师。

"双头院同学，我可以说了吧？关于凤凰馆，声子老师是这样形容的：'凤凰馆内的画作是最容易传达的、最常见的。只不过，也是最不被接受、在某些情况下可能会被避讳的一幅画。'"

"避讳?"

双头院同学似乎不懂这个词汇的含义——这个小学生的词汇积累没有涉及过这个方面。

连"避讳"是什么意思都不知道吗?

"嗯,很不凑巧,我没什么学问。我所拥有的只有美学。"

真没学问的人能说出这种经典台词来吗……

不管怎样,那幅"应该让世人皆知"的"音绘",本身就是一种更沉重、更响亮的提示。

昨天,解开云雀馆的谜题后,前辈毫不犹豫地朝团长所在的凤凰馆跑去,我却没有照做。我利用午后到傍晚的时间,把乌鸦馆、孔雀馆和白鸟馆又看了一遍。

我思考的问题是,在看过云雀馆的画作之后,再看一遍这些美术馆中的画作,我的看法是否也会发生改变——但从结论来说,根本就是无用功。

关于这三幅画的感想,在鉴赏第二遍时并没发生重大改变——对自然的宣战,以相互对抗的姿态创作出来的艺术,我再次观看,感受到的不是感动,而是战栗。

这是一种不能问世的艺术。

只有明白的人才能够看懂。

然而用声子老师的话来说，相比其他几幅画，凤凰馆的画作才"可能会被避讳"……这幅画到底在哪？

暂且不论画，一眼望去，只能看到馆中所培育的植物群被打理得非常好，非常美丽……不具备绘画能力的我无法将这幅景象画下来，但如果有带拍照手机的话，毫无疑问，我会把眼前的景色拍下来。

等一下……刚才双头院同学说了什么？

"和这座岛上所有的景色一样美？"

"嗯？怎么了，眉美同学？难道有什么灵光一闪吗？"

"没……"

正好相反，反而更加搞不明白了。

一样美……嗯，字面意思本身很像双头院同学会有的发言，完全没有违和感。

也不可能有反对意见。

只不过……假如凤凰馆内外所见到的风景真的一样美丽，那这座美术馆存不存在不也一样了？

"团长，能让我思考一下吗？"

"没问题，你就思考个够吧。思考这种事我可做不到。"

开什么玩笑，至少也思考一下啊！

作为组织的最高领导人，这是一种非常值得部下为其付出的尊贵品质；但假如部下中也有这样的家伙可就糟了……虽说名选手不一定能够成为名教练，但也有一些人，只适合站在人上人的位置。我一边痛彻心扉地感悟这项事实，一边进行思考。

是进行推理。

说句让人扫兴的话，现在的日本几乎不存在未经人类开垦的原始森林了——无论哪种深山秘境，都以某种形式被人类所整顿、管理。

世界范围内，情况也差不多。

这里并非破坏环境或砍伐森林的意思，如果不这样，山林也会因为一些意外而遭到毁灭……自然的淘汰规则出乎意料地严酷，并且一旦淘汰就无法挽回。

为了让自然继续维持自然的样子，并不是只要原封不动地放置绿植就可以了……不加以照顾的话，植物很快就会枯萎，这点我们应该都从小学的盆栽实践中就学过了。

　　并非所有事都能顺利推进。举例来说，假如在荒芜的山坡上种植容易培育的杉树，就会发生杉树花粉在全国范围内蔓延这种令人泪流不止的悲剧。为了驱逐眼镜蛇而引入其天敌獴，结果却造成生态系统的破坏——那么，不会被破坏的生态系统又是什么？

　　加拉帕戈斯群岛[1]那样的自然吗？

　　然而，这种"独立"又会被当作是"孤立"的意思……很少有人意识到，"加拉帕戈斯手机"[2]这种说法，对各方面都很失礼。"孤独的乔治"[3]难道是应该灭亡才灭亡的吗？不久之前大家不是还受到翻盖手机的恩惠吗？

　　岛——野良间岛。

　　既是无人岛，又是人工岛。

1　加拉帕戈斯群岛，中文一般翻译为"科隆群岛"，是距离南美大陆约1000公里的火山岛群。该岛上的动物物种由于远离大陆，以自己固有的特色进行繁衍，从而进化化成了一套自己的生态系统。
2　日本对上一代翻盖手机的称呼。
3　孤独的乔治（Lonesome Geroge），是已知的加拉帕戈斯象龟平塔岛亚种的最后一个个体，于2012年确认死亡。孤独的乔治之死，标志着象龟平塔岛亚种绝种。

嗯……这座岛上的自然，宛如非自然……全部都是人工制造。森林中既没有害虫也没有蛇类和熊出没，极为安全。真要说的话，就像游乐场中的游乐设施一样。

因此从这层意义来说，即便塑料大棚内外展开的景色完全相同，也不是什么不可思议之事。

凤凰馆的内部只是一个优良的群落生境，培育的植物与馆外并没有多大区别。

只是浇水和修剪都做得很好，塑料大棚还能够进行环境调解，因此内部的风景看上去更美而已……如此说来，双头院同学或许会责备我说："美丽可不是拿来比较的东西哦，眉美同学。"

那么，莫非只是纯粹感觉上的不同？

创造人工岛的是野良间杯，创造群落生境的则是声子老师……莫非老师特意用塑料把内外隔断，以此展示自己的植物管理，制造一个让自己的赞助人看到"这样做会更好"的范本？

不对不对，不良学生曾说过。

他说过，声子老师把那片为生活而耕种的田地搞得很糟糕……她所在的立场，绝对不能够很拽地摆出"造岛"范本。

虽然不在那个立场……但从野良间杯和声子老师的关系性质来看，这也是很有可能的一种假设。

即便是赞助人和艺术家的关系，也很难说他们之间必定存在相互迁就……声子老师是那个被隔离在世俗之外、被管理起来的艺术家。

待在与世俗喧嚣无关的地方，身处无人妨碍、能够集中于创作活动的环境之中，似乎十分适合拥有才能的艺术家，而艺术家实际上也确实交出了成果——这却不是声子老师本人的期望。

她是迫不得已才逃到这座岛上来的。

并且是在知道自己之后会困于岛上的情况下。

她还总是给我们各种各样的提示，从这点也能看出，这个人真的很喜欢教孩子。

正因如此，在明知自己不适合的情况下，仍然做了教师——直到最后一刻依然在坚守教师的职责，在引发不妙的事被流放之前，她始终是"老师"。

如此喜欢跟人打交道的她，当然不可能永远在孤岛上孤零零地生活下去……所以，虽然她给出了各种各样的提示，但想要战胜我们的心情也是真的。

她并没有想过把胜利当作合宿礼物送给我们……她非常认真地想从我们手中夺取直升机。

她想要获得自由。

假如声子老师赢得胜利，她不会是那种因为无可奈何才接收直升机的人——毋宁说，这才是她最想要的东西。

又或者说，在札规同学跟她联络的时候，这项计划可能就已经启动了……无论如何，做准备的时间都是必不可少的。绝对不是因为我们偶尔跑来合宿，才想到这种越狱计划的——所以声子老师才会冒着危险出现在指轮学园的讲堂里。

声子老师曾说，五座美术馆是送给野良间老爷子的饯别礼……但她还说过，她欠着巨额债务。

这七年的时间里，指轮学园高层内部也在发生变化，在过往的事件逐渐被人淡忘的时候，她又要成为逃亡者吗……又或许，这样的时机才正好？

既然如此，凤凰馆之谜绝不可能是简单的谜题……

正解绝对不可能是"这里的风景才是声子老师想要描绘的。她描绘出了自己最想画的理想风景"这种蹩脚的解答。

只要是个画家，谁都会做调整模型或主题这种事——就算没法整出一整座群落生境，但改变雕塑的位置，或者是为了艺术创作而不是为了填饱肚子去培育蔬菜之类的事还是做得到的。还有钓鱼什么的……啊，那应该是做成鱼拓吧。

鱼拓……钓鱼。

如此说来，野良间岛所在的琵琶湖也发生过生态系统遭破坏的事……前辈说过……被带进来的外来物种黑鲈鱼，将湖中的原生鱼都给吃掉了……

虽说这是一个深刻的环境问题，但站在黑鲈鱼的立场去思考，不就跟搬到了一个敞开随便吃的自助餐乐园一样？即便如此……外来物种？

外来物种……

"眉美同学。"

"唉呀?!"

之所以发出惨叫，并非因为背后突然响起声音，而是眼前忽然变得一片漆黑——完全搞不明白究竟发生了什么，看样子是双头院同学的手穿到我的眼镜和脸庞之间的缝隙里，他用双手捂住了我的眼睛。

也就是"猜猜我是谁？"的把戏。

"搞……搞……搞什么？团长，现在是瞎玩的时候吗？"

"什么嘛，说我瞎玩，眉美同学自己摆出一脸为难的样子。身为团长，虽然我无能为力，但还是想帮帮你。"

面对惊慌失措的我，团长镇静地回答。

"考虑艺术时不该皱着眉头。横竖都是看不见的画作，干脆闭上眼睛去思考如何？'美观眉美'应该用心灵之眼去看待事物。"

心灵之眼……

真要有这种玩意，就不用这么辛苦了，即便被捂上双眼，只要我想做，也能运用视力穿透人类的手掌去看事物……不论怎么看，团长的举动都让人搞不懂。

不过……

在这座野良间岛上，依赖视力几乎毫无意义——倒不如说，越是依赖视力，就越看不见该看到的东西。

即便是盲人，也能"看见"画作，这不正是我昨天在云雀馆中所感受到——所学到的吗？

没错。

此刻，我终于理解为何那幅"音绘"能够如此打动我的内心了。让我一改自己之前的说法，认为声子老师的作品应该被世界所知晓的理由……那是因为，我迟早都将失去视力。

即便没有过分使用好得过头的视力，始终保持节制使用的状态，但我的视力有朝一日终会退化，会不断地被消磨，直至完全失明——什么都看不见。

陷入一片黑暗。

而声子老师告诉我，世间存在即便失明也能够看见的画作，这件事令我心驰神往。

正因如此……

"放心吧，眉美同学，美观眉美。你的眼睛确实是谁都无法否定的美，但即便没有了，你也不会被谁否定——只要你自己不去否定自己，又或者说，只要我没有否定你就行。所以我命令你，放轻松。"

"了解，团长。拜托你保持这个姿势。"

"包在我身上。"

因为塑料大棚是透明的，在外面等待的四人肯定把我们此刻的行为看得清清楚楚，或许他们还在惊讶地想"那两个人在搞什么鬼"，但我们暂且管不了那些了。

待在这种高温多湿的环境中，我们的忍耐力也到达了极限。

哪怕是赌气，也要把飘忽的思绪统合起来。

那个，我刚才想到哪儿了？

思维咕噜噜地转了很多圈，感觉似乎偏离了方向……刚才想到了黑鲈鱼什么的？外来物种？

外来物种……生态环境保护……话虽如此，假如让琵琶湖中爆炸性繁殖的黑鲈鱼灭绝，在伦理层面会被谅解吗？事实上，作为钓鱼运动的对象，也有试图将黑鲈鱼吃到被消灭的活动存在，不过，虽然"钓鱼运动"这个词听起来荒唐，但这样的活动本身并不罕见……鹿，作为外形可爱的食草动物代表，也曾因为繁殖过多而被视为有害的动物，成了狩猎的对象……人类为了自己方便，随意对动物和植物等做出增减的行为……搞到最后都是环境问题吧？我只是在宣扬符合自己中二特性的正义感吗？

才不是。

不是这样的，我所面对的是更加直接的问题——想出来啊！闭上双眼，思考。

闭上双眼，放轻松。

没问题的，就算什么都看不见，也不会有问题。

就像在云雀馆中感受声音那般。

通过双头院同学触碰到我面庞的双手，我能够充分感受到令人内心踏实的团长就在我身后——通过团长，我也能够感受到其他成员的存在。

没有什么可担心的，我能做到。

被所有人所信任的我，能够做到。

没错，正是因为有大家的存在，我们才解决了之前那几座美术馆的谜题。如果孤单一人，我在第一座乌鸦馆就会败下阵来了。

说得直白点儿，假如我是孤单一人，绝对来不了这座奇妙的岛屿……我应该过着和往年毫无区别的大晦日，怎么可能搭乘直升机，来到琵琶湖中央的岛屿……

"对了，合宿的第一天……我想起来了。"

"嗯？怎么了，眉美同学？第一天怎么了吗？"

团长继续捂着我的眼睛，兴致勃勃地提出问题。那是一种因不知会听到何种美丽的真相而变得兴奋起来的声音。

对于这份期待，我到底能不能有所回应呢……谜题确实是解开了，但真相是否美丽，本人无法加以判断。

假如我的推理正确，那么真相就完全超脱了初中生的领域。

"出去吧，团长，到凤凰馆外面去。"

"嗯？啊，也对。我实在太粗心了，也太心急了。真相需要和大家共享才行。"

以团队而言，这种做法也是理所应当的，但我催促尽快出去的理由不在这里——我单纯只想尽快从这里出去罢了。

"团长，你记不记得，我们第一天在岛屿降落的时候，都把鞋底给洗刷得非常干净才落地？"

"嗯。啊，嗯，说起来是有这回事。应该是不能把外部的土壤、植物的种子和微生物什么的带上这座人工岛吧？"

"没错，就是为了不把外来物种带上岛。那么，进入凤凰馆时必须换拖鞋，你不觉得是出于同样的理由吗？"

因为是美术馆，所以这条规则并没有让我觉得特别违和……然而，假如这是凤凰馆强加给鉴赏者的负担的话……

"唔？但这就怪了啊？凤凰馆内外植物群的形态好像没什么明显的变化啊？区别只在于有没有人工痕迹。"

"没错，只有这点儿区别——是否有人工痕迹。但假设必须这样严密地进行内外区分地对植物进行培育是有理由的话——人工痕迹，可不止浇水、修剪这种程度的事而已。"

"不止这种程度，那到底是哪种程度？"

"品种改良。"

我一边在凤凰馆的入口处换回自己的鞋子，一边如此回答——换鞋花费的时间挺长，但我没怎么在意，可能是团长一直蒙住我的眼睛的缘故。

然而，哪怕始终被蒙眼，哪怕背对美术馆，声子老师展示在凤凰馆中的画作——明确地展示的画作，我仍然清楚地看见了。

品种改良。

七年，尽管对于人类而言漫长到有些厌烦，对于植物而言却是转瞬即逝的瞬间，提到能在这么短的时间里进行的、急剧激进的品种改良，能够想到的就是……

"基因工程。这座美术馆中所有植物的 DNA 都被不断地进行修改——被重新描绘了。"

17. 最后一张画——"基因绘"

最不被接受、在某些情况下可能会被避讳的艺术，却也是最具人类感的艺术——事后回想起来，声子老师给出的提示实在过于明确，甚至可以说超出了必要的范畴。

我被催促着走出了凤凰馆，然而仔细想想，我究竟是被什么驱使以至于如此恐惧？这点着实令我茫然。

积极参与生物进化的品种改良工程，是对神之领域的亵渎，是不被允许的野蛮行径——这话说起来简单，但即便如此，也不能不承认人们呕心沥血培育出蓝玫瑰的努力吧。无论如何都不能否认，纯血马[1]奔跑的模样仍旧威风凛凛、帅气逼人——即便其与野马在姿态上相差甚远。人类最好的朋友——犬类，可爱且品种繁多，但

1　纯血马（Thoroughbred），世界上中短距离最快的赛马品种，专门为比拼速度而培育，属于热血马。

其进化的方向又有多明确？

为了让花朵盛开得美丽，为了把叶子培养到娇嫩，为了让果实完全熟透，人们为此所付出的辛劳，到底哪一部分亵渎了"神之领域"，我反正是解释不清楚。

基因改造又该被怎样理解呢？万事万物都该有个限度吗？

转基因食品被人们当作毒药一样看待，但如果吃这种食品能获得健康，大家还会这样说吗？

极端点儿说，假如通过编辑刚出生的婴儿的基因，使他们一生都不会患癌，父母会不会愿意给孩子做这样的手术？而这种行为，和定制婴儿又有什么差别？

眼前的这件事，其中掺杂了个人感情，让我无法做出正确的判断……也有可能，所谓"正确的判断"，在这件事上根本就不存在。

凤凰馆。

这是五座美术馆中唯一以实际不存在的鸟来命名的馆，从这点就应该有所察觉——不，命名的由来，或许是出自凤凰"不死"的特性。

不死，才是基因改造的终点。

永不枯萎的植物。

永远盛开的鲜花。持续抽条的枝条。不停生长的果实。

健康又年轻的永生人类。

专门建造塑料大棚加以区分，还准备了专用的拖鞋，并非因为生态系统会崩溃——而是会造成基因的污染。

除了严禁把东西带进去，还严禁把东西带到外部。

诚然，相比外界杂乱生长的植物，在馆内严格管理下培育起来的植物更加美丽——但说到底，这也是人类眼中的美。但如果是在这座岛上一只都没有的昆虫眼里，这里面的植物群又是怎样的景象呢……

因此，声子老师试图描绘的既非植物群也非生态系统——而是基因图解。她试图以这幅画告知赞助人野良间杯——

如果把拥有才能的艺术家封闭在既没批评也没赞赏的环境中，她会做出些什么。

这也是野良间杯对声子老师所做的事。

"这在体育界是一个争议性的话题，就是所谓的基因兴奋剂。而且还是个难题。营养管理的饮食会被认定为使用兴奋剂，假如连基因都必须公平的话，说不定有能力拿金牌的孩子就都不能参加竞技比赛了。"

"西红柿在过去是有毒的，对它进行改良之后就可以食用了。如果不是在自给自足用的田里适当地培育出来的，而是直接用原材料制作出来的呢？无籽葡萄吃起来很方便是事实——至于当事人怎么想，就是另外一回事了吧？"

来到大棚外，我结结巴巴地向大家说明了凤凰馆的真相，美腿同学和不良学生又从运动和料理两方面表达了自己的见解。

虽然他们的评论在见地上跟我的不同，但关于无法评论是非这点，我们果然还是达成了共识。

身为艺术家，天才少年向来不对他人的艺术作品发表观点；长广前辈也没发出他的美声，难道是跟我持同样的观点不成……

"很不凑巧，我没什么学问，不能理解太难的事物——我只知道，馆的内外，还有这座岛的内外都很美。"

双头院同学这句概括性的发言是唯一的救赎。

他大概是真的不太明白。可能是自作多情，只不过，这种类似人类恶业的话题，并没有污染到这个为美学而生的小学五年级学生的心灵，我为此而感到庆幸。

无法评论是非的我们，与对双方的评价皆为"是"的团长，这也同样不是谁对谁错的问题——也有可能是双方都错了。

没有对错，也没有善恶。

自然和不自然——当然也不存在。

哎呀，真是的，对于早熟的小学生和不成熟的初中生来说，这堂课都过于超前了——声子老师果然还是不适合从事教师行业啊。

"好了诸位，回到我们美丽的学园去吧。虽说由于我的无能，导致差点儿失败的局面，但最后我们还是把声子老师的画作全都找出来了！"

"啊，关于这件事，团长，还有美腿同学、不良学生、天才少年、前辈。"

我慌忙举手，按照顺序，全员环视了一圈。

"虽说这种提案不该出现在这种氛围里……但迄今为止从没任性过的我，想对大家提一个小小的请求。"

18. 尾声

这一次，我们美少年侦探团惨烈地败给了永久井声子老师，作为失败的代价，将直升机连带直升机驾驶员一起献给了她——咦？

没错，我们输了。

前期进展一直很好，但非常遗憾的是，我们没能发现野良间岛上所建的五座美术馆中最后一座，即凤凰馆中展示的画作，只能承认自己推理能力不足。

哎呀，真是太遗憾了。

或许是出于胜利者的大度，我们最终还是达成了合宿最初的目的，即获得了美术室的钥匙，但站在我们的角度来看，除了屈辱还是屈辱。也正因如此，惨兮兮的我们只能眼巴巴地目送直升机飞离野良间的露营地。

"哎呀，不带这么玩的吧，眉美同学……你认真的吗？把不属于自己的直升机送给别人……你知道一架直升机要多少钱吗？"

我怎么知道，大概五百日元？

要是真知道价格，大概就不会送人了。

那个驾驶员在给声子老师讲解完直升机的操作方法之后，就被赶了下去。之后，就不知她云隐到了何处。

就这样，异端的艺术家逃离了指轮财团和野良间杯双方的掌控——连札规谎都找不到她，她彻底下落不明了。

不，正确说来，还是有提示的。又一次的提示。

上直升机前，声子老师悄悄地对我咬起了耳朵。但"没能找出"第五幅画的我，明明没有继续提问的权利了呀。

"话说，不小心忘记给小眉美'压岁钱'了。"

她如此说道。

这样说也没错——分别对应五座美术馆画作的提示，被当作发给其他五人的"压岁钱"，只有我被排除在了同伴之外。

按照常理来说，圣诞老人不会给坏孩子送礼物；但"压岁钱"不在这套体系之中。

"你知道接下去我要去哪儿吗？"

"咦，不知道啊……但最好不要说出来，我的嘴巴超级不牢靠的。"

"没关系，本来就打算去谁都追不到的地方——地水火风木。把所有的自然变为不自然的艺术的我，即将前往的下一个战场，当然只有天空了。"

"所以，那个，才要坐直升机吗……"

"不是的，我想去的地方，是直升机都到不了的高度。"

小眉美不也是如此吗？

留下这句话，声子老师旋即离去。

天空。

地水火风木全部罗列开来的话，也就是星星吧。

确实如此，那是我迄今为止都想要前往的所在——也是最终放弃的所在。

相当幼稚、孩子气的梦想。

因此，早就成年的声子老师将这种梦想当作下一个目标，一时之间很难令人相信——感觉就像被正面询问"那你要怎么做"一样。

我把一个不得了的人给放归了世间……把一只不得了的鸟儿放飞到了空中。在纯黑的宇宙这张可谓空无一物的画布上，她又将描绘些什么，光是想象都觉得可怕。

因此，我不觉得，也不认为这次失败是一场正确的败北。

毫不装模作样地说，真是一场惨烈的败北。

但更重要的是，这还是一场不输掉就会后悔一辈子的、美丽的败北。

"喂喂，你发什么呆呢，眉美同学？永久井声子老师的送别也结束了，我们再不尽快想办法，就要赶不上新学期了哦。"

对哦。

将直升机献给声子老师之后，我们失去了离开野良间岛的工具——还没有联络外界的手段，这就是所谓的遇难状况。

不幸中的万幸，这里不是海洋而是琵琶湖的中央。距离对岸最多也就数公里，努力一把的话，这点儿距离还是能利用木筏划过去的。没事，有人靠一己之力就建造起了五座美术馆——六个人一起做个木筏应该很快。

如此，我们的合宿延长战、自然体验的不自然延续，就这样开始了。

曲线又怎么了？

身为美少年侦探团的成员，本人，瞳岛眉美，过着每天身着男装的校园生活，但这件事并不简单。初中二年级的我已经进入发育期，躯体线条也不由得自带自然的、女性的曲线魅力。这样一来，天才少年为我设计的男性制服的尺寸，也不可避免地不再合身。

"不对吧，小眉美。制服之所以越来越不合身，都是因为小眉美越变越胖啦。"

美腿同学冲我劈头盖脸地一顿大骂。

我还以为你是女权主义者呢！

"正因为我是女权主义者才会这么说。小眉美，这样下去可不行哦。美少年侦探团可不是穿个男装就能待下去的地方，不是美少年绝对不行哦。不过在某些时代，肥胖也被看作美德就是了。"

呜呜。

被说是"肥胖"，厚颜无耻如我，都感觉被伤到了。

"你的厚颜无耻最好也收敛一下……原因清晰到令人讨厌。你吃太多小满的手工料理了，小眉美。跟我吃的一样多不就……"

跟我吃的一样多不就好了——话虽然只说了一半，但一点儿都不好。想到美腿同学在田径部每天不知要消耗掉多少卡路里，就会觉得他所吃的食物完全不够。美腿同学的美腿，可谓不懈努力的结晶。

而我松弛的腹部，是食欲的结晶……

"'松弛的腹部'什么的，有点儿自嘲过头了。事态倒也还没到这种程度，所以现在就开始采取措施吧。"

就算说什么采取措施……

我又不是企图让体重倍增才拼命吃的——全都怪不良学生的料理太好吃了。

都是他的错。

而且，我也不会用已经在美术室吃过晚餐这种理由在自己家尝试绝食……本来就很叛逆（还穿男装去上学）的女儿，再对父母进行绝食抗议的话，会引起不必要的误会。

结果，我就陷入了一日四餐，根据情况偶尔一日五餐的悲惨境地——可恶啊，不良学生！

"才不是小满的错——这话实在说不出口。那家伙似乎以让女生发胖为乐。多数委托人在离开美术室的时候都会长胖。"

在我迄今为止听说的关于那位番长的所有逸闻中，这条可谓恶劣至极。给侦探团添麻烦又有什么好处！

"小满有一个悲惨的过去。他有过饥饿难耐的时候。"

听到这句话，真的不好再开玩笑了。

"他还说过，因为自己是完全吃不胖的体质，所以才让别人替自己增肥。"

去死！

但料理是他的人生价值，总不见得让他放弃吧。

然而撇开美腿同学不谈，为什么咲口前辈、天才少年和团长的身材都不会崩坏呢？

"这个嘛，长广的自制力强。"

在这方面要是不自制，自制力就毫无意义可言了。

"创作家有厨师，营养管理方面做得很好。"

名流！

那么团长呢？

"团长正是长身体的时候。"

小学五年级的学生嘛。

这么说，只有我抽中了下下签！

无所谓了……就算长胖，只要好吃就行。将来出版减肥的书好了。

"你也太容易放弃了吧。身材会变差的哦。"

想吃的食物竟然吃不到，这样就算长命百岁也没有任何意义吧。就让我沉浸在美食之中，度过肥胖又短命的一生吧。

"人不会因为过度肥胖就意外地短命的哦。如果不健康，肥胖的体型有时也会延长寿命的。搞不好将来你会过上想吃的食物吃不到，却长寿得一塌糊涂的生活哦？"

别说这种讨厌的话！

但又该怎么办呢。

我该拿自己的身体怎么办？

若是普通的减肥，只要把吃下去的部分运动掉就好；但这里的问题是，不良学生亲手做的料理实在太过美味——运动之后肚子一饿，运动掉的部分我又会吃回来。

恶性循环。

然而，让我进行大于胃口的、如同美腿同学那般的运动也很困难。让我死了吧。

"好吧。我不会要求小眉美放弃美少年侦探团成员的身份的。"

啊？真的已经胖到这种程度了吗？

居然还有体重限制，美少年侦探团难道是赛马学校不成？

"我教你一个绝招。这样做虽然对小满有点儿不好意思，但在我无论如何都战胜不了食欲的时候，就会用上这种食材。"

这种食材？是什么食材？

"奇迹水果啦。能够引发奇迹。"

让我瘦下去算是奇迹？

美腿同学没有开玩笑（或者是斥责的意思），"奇迹水果"是实际存在的一种果实。并且，它的功效充满奇迹。

它能改变人的味觉。

就算听过说明也搞不懂这种水果的原理，但据说只要一吃，就会尝不出"酸味"来——搞什么？！

会失去一部分的味觉吗？！

"这种情况下，应该不是"一部分"，而是味觉的整体感知都会被破坏。不管外表如何，小满都非常细致地将烹饪和调味结合在一起，反过来说，只要有一个地方出现问题，整体的味道就会被破坏。"

虽然"不管外表如何"这句话有些多余，但确实如此——正因为是"美食小满"，哪怕有一点点调味上的失误，也相当引人注意。正如同画龙欠缺点睛——不存在小错误的食物才叫美食，反过来说，就需要用到奇迹水果来预先打乱味觉。

原来如此，这样就不必担心吃太多了。

……味觉能够复原吗？

"没问题，效果最多也就持续一小时左右。就软糖那么大，在去美术室之前放在嘴里滚一滚不是正好？"

美腿同学一边颇有经验地说着，一边给了我几颗奇迹水果的果实。虽说半信半疑，但试一下又不会有什么损失，我就接下了——同时，我还想着，万一这个故事的剧情变成"奇迹水果实在太好吃，反倒吃太多而长胖"

该怎么办？

然而，效果比期待（并没有）的还要好——曾经将我深深虏获、只要能吃到一口，就会让我产生"你说什么我都会听，求你了，让我做你的仆人吧"的不良学生的手工料理，现在变得索然无味。

说是索然无味，其实是味道变了。

道理我都懂，但没想到，只是感觉不出"酸味"而已，竟然能让味道改变到那种程度……我的舌头到底怎么了？

就连不良学生冲泡的喝一口就因好喝过了头而吐出来的红茶，都因味道变得怪怪的而差点儿吐掉。

如此这般，我肉眼可见地瘦了下来。

我到底因为不良学生的料理而胖了多少啊，想到这点就不禁战栗。

减肥成果超出了美腿同学的预期，而不良学生当然不会看漏这种戏剧性的变化。

"喂！眉美，你怎么变成皮包骨了？"

才没有。别一脸担心地跟我说话啦。

他原来是以这种事为基准在做菜啊——我并没有全

盘相信"他以让女生发胖为乐"这句话,但看他满脸苍白的模样,感觉这句话多少还是有点儿可信。

"难道你对我做的料理有什么不满?难道你打算称呼我为'不满同学'了?我的名字可是'满意'的'满'哦。"

说得那么好听干吗?

啊哈哈,只是对食物的喜好改变了一点点而已,你别在意。我巧妙地蒙混过关,离开了美术室——距离目标体重还差一点儿,必须坚持住。

就算不良学生察觉到了我身上发生的"奇迹",他也没什么办法。

虽然我粗心大意,但这种想法着实肤浅。在我舔食奇迹水果的同时,也在轻视 [1]"美食小满"。

呜哇!

第二天放学后,才尝了一口不良学生端上来的菜肴,我就被美味所征服,我被这道料理彻底打败了——虽然

---

1 此处的"舔食"和"轻视",日语中使用了相同的他动词"なめる",作为双关语。

没有立刻吐出来，但还是趴在了桌子上。

快……快去叫厨师！

"厨师就在这里。现在你需要的不是厨师而是救护车吧？"

不良学生站在餐桌旁，得意扬扬地双臂交抱——跟团长如出一辙的自大态度，让人连生气的余力都没有。

我要被美味给杀死了！

不可能，我明明在走出教室的时候才舔过奇迹水果啊……这盘菜到底怎么回事？

麻婆豆腐居然能好吃成这样？

"飙太都告诉我了。你的味觉混乱了是吧？"

可恶。

美腿同学背叛了我！

"之前我就觉得奇怪，毕竟那家伙也有过剩饭的情况。我一追问，他就招认得干干净净。他好像觉得让你太瘦也不好。"

但就算他弄明白了缘由，这应该也不是厨师能够调整得了的……我的味觉到底错乱到了哪种程度，不良学生完全不清楚。

"是啊。所以我没有针对味觉，而尝试攻击了痛觉。"

通天阁 [1]？

"那不是大阪的标志性建筑嘛，我干吗没事去攻击大阪？是痛觉啦，痛觉——所谓辣味，其实不是味觉而是痛觉。"

听闻这番话，我再度低头看向端上来的麻婆豆腐——虽然只说了"低头看"，但其实筷子也没停。不行，根本吃到停不下来。

口中扩散的辛辣。

口中扩散的痛觉，让人好舒坦。

啊，话说我曾听人说过……辛辣的感觉并非"味觉"……所以哪怕只是把辣椒涂在皮肤上，都能感受到辣味……据说世界上最辣的辣酱，哪怕只是徒手摸一下，都会让手指溃烂。

"痛觉，再加上热度。虽说做得太过火确实不好，但这次带着惩罚的意思，也就试着做过头了一次。"

---

1 "痛觉"日文发音"Tsūkaku"，"通天阁"则发音"Tsūtenkaku"，两者相差一个音节。

这是惩罚?

剩饭剩菜在不良学生看来确实是种罪过，但这算哪门子的惩罚？口中能感受到的不仅仅是痛感和热度，还有豆腐和肉糜恰到好处的柔软口感。

"哼哼哼，想当着我的面节食，你还差得远呢！哪怕把舌头割掉，我都能让你长胖，你就做好准备吧。"

把酸甜苦辣都分得格外清楚的毒舌料理人边说边把更多的餐盘端上餐桌。我颤抖着承认了自己的败北。

开动了!

白发美

美少年侦探团的天敌、一点儿都不可爱的恶魔，同时也是前辈可爱的未婚妻——川池湖泷送来了美术馆的门票。

看样子，我那些没必要的顾虑都是自寻烦恼——她的性格向来与感谢、道歉什么的无缘，不过她似乎无法忍受一直欠我的人情。

但没想到，她会送我美术馆的门票。

身为美少年侦探团的新成员，我或许是被她高估了。老实说，我对此真的没有太大兴趣。

"也对。我也不认为身处劳动阶层的你会有这么多的业余爱好。"

湖泷如此说道。

说话还是那么尖酸。

为人也很刻薄。

小学一年级的学生说这种话，或许还能被别人原谅，但等到她长大成人，肯定会被人骂。

"既然你也算是美少年侦探团的一员，去一下也不会损失什么。反正也不是什么有名的美术馆，展示的画作和雕刻暂且不论——运输集团'二十人'干的好事，应该也有看一下的价值吧。"

她说什么？

虽然不清楚湖泷是怎么知道二十人的，但这个组织是跟我交过手的犯罪集团。

完全没在开玩笑，我真的被他们绑架过。

他们打着运送还是运输的旗号——将某样东西从原本的位置"运输"到其他场所，完全无视法律，是极其危险的组织。

他们（这个集团的首领名叫丽，是一名女性，所以正确来说应该是"她们"）的"工作"，当然是违法行为。湖泷的话到底是什么意思，让我很是纳闷。

"自己去调查啦，愚民。你这种人，只能被称为情报弱者。"

湖泷不肯说太多，因此，无可奈何的我只能进行一番预习，朝着无聊的美术馆走去。

顺带一提，正如前文所述，湖泷对于美少年侦探团而言是天敌般的存在，因此这次去美术馆，纯属瞳岛眉美的个人活动。

没想到竟然要在周日去美术馆，这种事在之前连想都想不到……只不过，既然听到了二十人的名号，我就不可能没有行动。

虽说咲口前辈已经表示过二十人对我们暂时没有威胁，但对这个组织的预防工作，怎么做都不嫌过分。

美术馆遭遇小偷入侵似乎是去年发生的事——作为重点展品的画作被盗了。

不是单纯被盗，"犯人"表现出了类似鲁邦三世的玩世不恭，将被强化玻璃所保护的画作替换成了一张白布。

虽然没发犯罪预告，但也称得上是鲜明的怪盗手法——不是鲁邦三世的话，也应该是怪人二十面相的手笔。

当然，被盗窃的一方可不能把这事当成一场游戏了事。

据说此事引发了一场从上至下的大骚动——调查一下就能发现，报纸对此事进行了大规模的报道。我对此竟然一无所知，被称"愚民"暂且不论，"情报弱者"这种称呼，也只能心甘情愿地接受。

嗯，当时的我除了夜空，对其他事物一概没兴趣，并且还不是美少年，只是个女孩，再加上当时完全不知道还有二十人这种组织，所以才会对那些报道视而不见吧。现如今回头去看当时的盗窃事件，原来如此，确实像那个运输集团能干出来的事。

无论保护措施做得多好，她们都能把画作"运输"到委托人指定的场所去——被盗的画作目前仍未被发现，也看不到归还给美术馆的希望。

因此，美术馆的墙壁上现在还挂着那幅被替换之后的纯白画布。

这倒也引发了相关话题，吸引了一批想要一睹"现代怪盗"手法的游客——搞不好纯白的画布比原本的画作更具吸引力。

这该说是中了美术馆的计吗？但这世上好事者可是很多的。不明所以地跑来看这片纯白的我好像也不该这么说就是了……

　　崭新的画布被挂在墙上，在强化玻璃的严格保护之下，看上去反倒像某种前卫艺术，或者说现代艺术风格的作品了。玻璃罩的外部，贴了一张原本展示于此的画作照片。

　　我是第一次看这幅画，又是第一次听闻这个作者，老实说，我完全没搞懂——若说纯白画布是前卫艺术，这种奇怪的做法反倒更容易被理解。

　　当然，这或许是因为照片没什么立体感。根据说明文字所言，被盗的画作吸引了很多人，观众盛赞，这幅画"气场完全不同""散发着光芒"……虽说搞不清这些赞誉之词的真实程度有多少就是了……

　　假如替换作品这事真是二十人干的，那么毫无疑问，背后必定存在"哪怕是通过盗窃，也想要拥有这幅画"的委托人。

　　我的审美观本来就靠不住。

　　丽等人到底用了什么方法盗走了画作？虽说这家美术馆很小，警卫的日常保护不可能做到时时刻刻常驻于画作旁边；但想要把尺寸大到放不进口袋的画作盗走，也不是随随便便就做得到的事。

把强化玻璃取下来的原理也搞不清楚——当然，也找不到玻璃遭遇物理破坏的痕迹。

在不破坏玻璃罩的情况下替换内部的画布，简直就是变戏法嘛。用推理小说的风格来形容，很接近从密室中逃脱。

在众人环视的目光下偷窃首先就是不可能犯罪，那么可以把盗窃看作在深夜中进行的吗……

"大致说来，是把画作替换成了纯白的画布吧。"

我自言自语般地呢喃。

如果是拿赝品来替换，那事情就变得合理了。只要拖延盗窃败露的时间，"搬运"的成功率也会跟之提升。

搞出这种炫耀般的替换行为，究竟有什么意义？报纸将这种行为解说成"怪盗般的玩世不恭"，在实际前来看之前，我确实也是这样想的；但在看到实物之后，却感受到了些许的违和。

如前文所述，把画作偷盗出来十分费劲，而把全新的画布搬运进来也是个巨大工程——就算是以犯罪为乐的人，其所付出的辛劳能够满足相对应的虚荣心吗？

至少身为"花花公子"的札规谎，绝对不会认同这种无谓的风险等同于纯粹的"玩世不恭"。

并且，我所知悉的二十人是一个大胆无畏、令人害怕的犯罪团伙，绝非以犯罪为乐的人。

她们默默地盗窃，不留一丝痕迹地消失。

不良学生或许会讽刺般地将这种行为解释成"这种画，白纸都比它有价值"，对我这种门外汉来说，这样的信息确实更容易传达，但还是觉得这种解释也不对。

如果是这样的话，就算不用可以以假乱真的赝品，大概也会把画作替换成小孩子的涂鸦之类的吧——纯白真的很难理解。

"还是说，是不是有'非替换成纯白不可'的理由呢。"

"你刚才说了什么？"

在我的自言自语的时候，身旁的游客有了反应——那是一位戴着眼镜的白发小姐姐。

从某种意义上来说，这间展示厅是这家拥挤的美术馆最大的"卖点"，我一不小心就嘟囔了一句，回过神来，才发现房间里就剩我和那位白发小姐姐了。

看样子，我似乎对那块纯白的画布看得入了迷——虽说这也算是在实践团规之三——"必须是侦探"的准则，但无论如何都好丢脸。

白发小姐姐打扮时髦，一看就跟美术馆很相配。她穿了一条遮住脚踝的百褶长裙，搭配有领子的衬衫，还披了一条格子披肩。

她看起来稳重大方，和丽暴露性感的风格完全相反，但美貌程度足以跟丽相匹敌。

我毫无意义地害羞起来。

顺带一提，我是以美少年的形象来美术馆参观的（团规之二——必须是少年），在这里突然害羞起来，意义可就完全不一样了。但白发小姐姐对我的面红耳赤完全不在意。

"你刚才说了什么？"

她又问了一遍。

"咦，那个……"

到底说了什么啊？

美术馆本该是专心鉴赏画作的地方，我却嘟嘟囔囔的，不过小姐姐并没有指责我的意思。

"我刚才说，是不是有'非替换成纯白不可'的理由呢……"

"这句话我收到了。谜底已经揭晓。"

白发小姐姐如此说道。

"咦？你说什么？"

这次轮到我反问了。

谜底揭晓了？什么谜底？

那还用说，说到这间展示厅里的谜题，当然就是盗窃画作的二十人，或者其他什么罪犯，到底是如何做到将被强化玻璃罩住的画作替换成纯白画布的。

"不不，就像刚才说的，不是'如何做到'而是'为什么要这样做'——为什么一定要替换成纯白画布？为什么不是跟原作一模一样的赝品，而是非'纯白'不可？"

看样子，白发小姐姐的想法跟我差不多。话虽如此，她似乎不是抱着看热闹的好奇心才跑来这间展示厅的。

就连她的姿态都跟我好像……"必须是侦探"？

"但真的有'非纯白不可'的理由吗？难道是要传递什么消息？"

因为想法相同，多少让我对她生出了一丝亲切感，因此我开口向她询问，但还是草率了——并非想法相同，而是白发小姐姐的想法比我快了一步。

想法，或者说推理。

"不，不是要传递什么消息，而是理性。这既合理，又实际——不用纯白的画布，这场替换诡计就无法成立。"

"替换诡计……"

并不是密室诡计。

"也就是说，二十……，犯人不搞这场替换的话，就没办法把画作盗走？"

"你一语中的了。"

一语中的？这什么复古语言？

"不过在现实中，其实没有发生过替换行为吧？"

"咦？"

这句话又将之前的一切全部推翻，令我不知所措——虽说不知所措，但这并非推翻，而是逆转。

小姐姐一边撩动自己纯白如画布的头发，一边说道：

"画布从一开始就是纯白的——直到察觉盗窃事件的

当天为止，画作一直是被映照在这块屏幕上的。"

　　白发小姐姐的推理如下所述。

　　"就像电影院那样，将画作的照片映照在挂在墙上的纯白画布上，让游客们认为那里挂着一幅真画。当然，这么大规模的工程，没有美术馆事先做好的准备可办不到。可能是资金流遇到困难就将原画卖掉的美术馆经营团队，不得已而为之的措施吧。"

　　不对，岂止是"大规模的工程"，这种事可能办到吗？如果想要做到类似投影的工程，首先就要有放映机吧。

　　而且画布还罩在玻璃里——不会发生光的折射吗。

　　"投影？那是什么？"

　　白发小姐姐对我的话感到奇怪，不解地歪了歪头。

　　先不管这个了。

　　"画布不是被玻璃罩给牢牢围起来了吗？前后上下左右都是——就连背后都没下手的可能。"

　　我继续如此说道。

　　背后——也就是墙壁。

只不过，背后也不见得真有墙壁。

假如把墙壁挖开一个画布的形状，在后方设置放映机的话——就能够从屏幕后端投影画面了。

散发着光芒。

这样一来，原画得到这样的评论就显得相当讽刺了……不管怎样说，替换诡计变得极其简单。

破坏玻璃罩、带画布进来、带原画出去，统统没有必要——只要把放映机的电源拔掉就行。

如此，名画就被"替换"成纯白的画布了。

"那就变成内鬼作案了。是内鬼的告发吗？即便如此，经营团队还是把盗窃事件当作卖点，利用这点来招揽客人，还真是聪明。"

唔。

或者说是为了保险金而自导自演？

那这件事就跟二十人这类职业犯罪团伙无关了——我这样想着。

"好了，打扰到你了。很高兴能跟你谈话。谜题已解，我就失陪了。"

说着，白发小姐姐就沿着路线离开了展示厅。毕竟我们两个只是碰巧凑在了一起，还要挽留她未免显得有些奇怪，但我还是追问了一句："请问，您叫什么名字？"

在向湖泷报告这件事时，还称呼她为"白发小姐姐"就不太好了。

"掟上今日子。"

"今日子小姐，我叫瞳岛眉美。"

"哎呀，真是个好名字。"

说着，今日子小姐露出了调皮的微笑。

"我记住了。"

今日子小姐离开之后，我下意识地摘下眼镜，朝画布后方，也就是墙壁的方向透视了一下，当然，后面早就没有放映机了。

甚至就连设置这种机关的空间都没有。这道墙壁的后面只有隔壁的展示厅——对，就是今日子小姐沿着指示离去的方向。

我花了很长时间才意识到，看样子是天真的美少年被年长的小姐姐给戏弄了。

这种被摆了一道的感觉简直无法形容。

竟然让人心生愉悦。

直到最后，在严格安保之下的画作究竟是如何被盗的，又为何会被替换成画布，这些谜题仍未解开——只不过，即使只有些许的可能性，也不得不让人怀疑凶手就是二十人。

如此，全部的推理都仿佛被忘却了一般，恢复成了一张白纸。

后记

有一条标语是这么说的：最好别把兴趣当成工作来做。这句话的解释因人而异，当然就常识性而言，只要是工作，喜欢的事也会变得不再喜欢，最差劲的时候，甚至会厌恶曾经的兴趣，这层含义应该是最自然的。事实上，因为喜欢动物而成为兽医，却不得不给许多动物送终；喜欢棒球而成为职业选手，却不一定能打到想要的位置，不是所有的一切都是快乐的。但我觉得，把讨厌的事变成工作来做不也一样？不喜欢动物的人成为兽医，每天都会过着地狱般的生活；本想成为足球选手的人却成了职业棒球选手，无论把他放在什么位置，都无法缓解他不愉快的心情。当然，这只是一种极端的情况，关键在于"最好别把兴趣当成工作来做"这句话，在我的观点里单纯只是在说"工作太辛苦了"而已。如果那样的话，索性把兴趣当作工作，虽说我也不觉得这样做能得到多少救赎就是了。顺带一提，我是因为喜欢阅读小说才成为了小说家，但仔细想想，明明把阅读当作兴趣，却把写作当作工作，这算是把兴趣当作了工作吗？

综上所述，本书是关于一个随心所欲地进行创作活动的艺术家的故事。把兴趣变成工作，会遇到的瓶颈之一，就是"兴趣需要钱，工作能挣钱"之间的矛盾，而当这点得以解决时，艺术家又能创作出些什么来——这本书就是边考虑这个问题，边写写停停完成的产物。美少年侦探团总是采取团体行动，我却在难得的合宿篇尝试搞了些不一样的做法。这就是美少年系列第五部《帕诺拉马岛美谈》。延续上一本的思路，我还写了两个短篇故事，希望各位能够喜欢。

封面是黄粉老师所创作的美少年侦探团的私服形象，非常感谢！而作品中所提及的另一位双头院同学，他的故事大概要留到下一个故事中再讲了。

西尾维新

永久井声子